C.S.ルイス『ナルニア国年代記物語』における回心の諸相

松山 献 著

大学教育出版

C.S. ルイス『ナルニア国年代記物語』における回心の諸相

目　次

使用テクスト

(1) 原書

C.S.Lewis, *The Chronicles of Narnia*. Harper Trophy, 2002.

Book 1 *The Magician's Nephew*. (*MN*)

Book 2 *The Lion, the Witch and the Wordrobe*. (*LWW*)

Book 3 *The Horse and His Boy*. (*HB*)

Book 4 *Prince Caspian*. (*PC*)

Book 5 *The Voyage of the Dawn Treader*. (*VDT*)

Book 6 *The Silver Chair*. (*SC*)

Book 7 *The Last Battle*. (*LB*)

(2) 翻訳

C.S. ルイス『ナルニア国物語』、瀬田貞二訳、岩波書店、2000 年。

第 1 巻『魔術師のおい』([魔])

第 2 巻『ライオンと魔女』([ラ])

第 3 巻『馬と少年』([馬])

第 4 巻『カスピアン王子のつのぶえ』([カ])

第 5 巻『朝びらき丸　東の海へ』([朝])

第 6 巻『銀のいす』([銀])

第 7 巻『さいごの戦い』([さ])

本文中の引用は、原書、翻訳ともに、上記各著作末尾の(　)内に示した略号とページ番号を、引用文末尾のカッコ内に記した。翻訳文末尾に略号を明示していないものは筆者の訳による。また、引用文中の下線は筆者によるものである。

C.S. ルイス『ナルニア国年代記物語』における回心の諸相

はじめに

本書は、C.S. ルイス（Clive Staples Lewis, 1898-1963）の代表的著作『ナルニア国年代記物語』（*The Chronicles of Narnia*, 1956）において、登場人物の回心（conversion）がどのように展開するのか、その諸相を検討して、それらが今日の現代社会においていかなる意味をもつか探ることを目的とする。

C.S. ルイスは、1898 年アイルランドのベルファストに生まれた英国の文学者である。オックスフォード大学を卒業後、母校の英文学担当教師として約 30 年間勤め、晩年はケンブリッジ大学の英文学教授をつとめた。専門はイギリスの中世ルネサンス文学であるが、キリスト教の弁証論者として多くの評論や文学作品を著した。評論の代表作は、『キリスト教の精髄』（*Mere Christianity*, 1952）である。BBC で放送された講演録をまとめた著作で、キリスト教の教義をたいへん明快に説いた名著である。牧師でもなく神学者でもなく一平信徒としてキリスト教信仰について平易な解説を試みて多くの人びとをキリスト教信仰に導いた功績は大きい。一方、文学作品としての代表作が『ナルニア国年代記物語』である。同作品は、近年まれに見るファンタジーの名作である。全七巻から構成される同書は、1950 年から毎年一巻ずつ発表され、その後世界各国で翻訳され、多くの少年少女から成人にいたる幅広い読者を得ている。わが国では、キリスト教会内部で広く愛読されているが、一般的には他のファンタジー作品に比べて認知度は決して高いとはいえない。

『魔術師のおい』（*The Magician's Nephew*, 1955）の舞台となる 1900 年代初頭は、急激に進歩した科学技術の成果が一般社会にも普及しはじめ、国民は日常生活の中にもたらされたその多大なる恩恵に酔いしれていた時代である。とりわけ世界に先駆けて産業革命を経験したイギリスであるから、その繁栄が日常生活や学校教育までも大きく変容させていた。鉄道、自動車などの交通機関が飛躍的に発展し、ロンドンは急速に都市化の一途を辿った時代であった。一方で、自然破壊や公害などの問題が生まれたのもこの頃であった。

『ライオンと魔女』（*The Lion, the Witch and the Wardrobe*, 1950）以降の作品の舞台となる時代は第二次世界大戦の最中であり、輝かしき科学技術の成果が大量殺戮のために利用されたのである。欧米の帝国主義が頂点に達し、アメリカが政治的にも経済的にも大国化の一途をたどった時代であった。それに対して『ナルニア国年代記物語』が世に出された1950年代は、すでに二つの大戦を経て、科学技術の驚異的な発達の功罪について議論されつつあった時代である。合理主義一辺倒のアメリカからの流入文化にイギリス社会が侵食されていく時代でもあった。

一方、私たちの生きる現代はこれらの時代とは世紀も変わり、きわめて円熟した国際情報化時代にある。ところが、二つの大戦への反省にもかかわらず中東を背景とした戦争が繰り返され、それに各国が参与している現状は、とても人間的進歩を遂げたとは言い難い。とりわけ日本の社会では、物質的繁栄の陰に精神的荒廃は深刻な問題となりつつある。一人ひとりが在るべき姿を追求しつつも、確固たる何ものをも獲得できないという閉塞的な状況に陥っているのである。至上の課題として各人が自らの生き方の根本的変革を迫られているといえよう。早急にこの状況を打開することが強く求められているわけである。

透徹した洞察力を持ったルイスは、当時の世界の趨勢がどのような未来を形成するのかきわめて的確に推測した。『ナルニア国年代記物語』には、今述べてきたような、舞台となる時代や執筆年代の時代背景が色濃くにじみ出ている。さらに、登場人物の性格や生起する事件など作品の随所に、現在の世情に相通じていたり、現代社会を見事に予感させたりする描写が見られる。『ナルニア国年代記物語』はファンタジーである。しかし、それだけにとどまることのない幅広い魅力をもっている。ルイスは、中世を暗黒視する従来の歴史観に否定的であった。ルイスが愛情をもって研究を続けたのは中世文学である。中世には「巡礼」が盛んであった。チョーサー（Geoffrey Chaucer, 1343 頃-1400）は『カンタベリー物語』（*The Canterbury Tales*, 1387）で様々な人々の巡礼を描いた。また、バニヤン（John Bunyan, 1628-1688）は『天路歴程』（*The Pilgrim's Progress*, 1678）で一人のキリスト者の巡礼の姿を著した。いずれも行脚による巡礼行という形をとりながらも、それは人間精神の、すなわち魂の巡礼にほかならない。人間一人ひとりの霊的生命の成長過程が描かれているのである。『ナルニア国年代記物語』において、多数の登場人物が冒険をしながら成長していく姿は、中世の作家たちが描いた人間の魂の巡礼を想起させる。この作品は、無限の可能性を秘めた少年少女たちによる魂の巡礼を描いた物語であるといえよう。

この作品はキリスト教の教義が過不足なく盛り込まれた弁証的要素の強い作品であり、その宗教性は強固である。一人ひとりの宗教的内面性すなわち信仰そのものが問われている今日、この作品が示唆するものは大きい意味をもつ。社会的にも精神的にも混迷の時代である今日においてこそ、この作品は老若男女を問わず読者一人ひとりの世界観、死生観、信仰理解に強く訴求するものをもつといえよう。あらゆる人と人、民族と民族、国家と国家との共生が可能な平和な世界の実現が火急の課題となっている今日、私たちはこの偉大な作品から少なくとも何らかの方向性を見出すことができるに違いない。

そのために様々な切り口があろうが、そのひとつが「回心」なのである。回心は、子どもにとっては成長の一過程であるし、成人にとっては何らかの覚醒による自己変革でもある。『ナルニア国年代記物語』に描かれているのは、子どもたちの成長にともなう回心である。この作品は児童文学として現代に生きる少年少女に、霊的成長そして回心を促すものであるが、さらに時代と年齢を超えて、現代に生きる成人読者にも回心を促す契機となり得るのである。ルイスは自らの信仰理解を作品の至るところに散りばめた。登場人物たちの科白、経験する様々な出来事、語り手の語りなどは、すべてそれを表現している。ルイスは、弁証的著作で展開した自らの神学思想を、今度は『ナルニア国年代記物語』というファンタジーにおいて、登場人物や出来事の多様な描写によって見事に表現したわけである。したがって、本書では、この作品における回心についての多様な描写を、ルイスの弁証的著作における言説と照合し、作品の描写の中に深く刻み込まれた意味を抽出していくことに力を注ぎたい。また、そのことによって、作品において展開される回心の諸相が今日においてどのような意味をもつかを探るという所期の目的を果たしたい。

回心は‘conversion’の訳語である。‘conversion’は、神学用語として日本に輸入された明治期以降、「変化」「改新」「改心」などと訳されてきたが[1]、以後宗教学の分野を中心に「回心」という訳語で定着している[2]。現在は一般的に「改心」もよく用いられており、両者に明確な区別はない。漢字の字義通り、改心は単に変化する、改めるという意であるが、回心は回帰の意も含む。したがって、回心のほうがよりいっそう‘conversion’の原意に近い訳語と考えられるため、本書では「回心」を用いる。以下、 あらかじめ問題点と考察の方向を素描しておく。

（1） 回心とは何か

本書は、回心それ自体の分析を目的とするものではないが、前提とする概念規定をまず明確にしておかなければならない。複数の先行研究による定義を検討しながら、筆者なりの概念規定をしておきたい。また、その定義が『ナルニア国年代記物語』の登場人物に該当し、回心がこの作品を検討する切り口に値する概念であることも示されなければならない。次に、ルイス自身も回心を遂げてキリスト者としての信仰をもったわけであるから、彼自身が回心をどう把握していたかについて、自身の回心体験や言説から考察することも求められる。本書では複数の登場人物の回心について検討するため、回心において認められるいくつかの異なるパターンについても検討しておかなければならない。人間は、回心する必要のない自然人、回心を果たす回心者、回心を果たせない非回心者に分類される。そのうち回心者は、突発的回心型と漸次的回心型に大別される。さらに逆回心と水平的回心にも言及する。以上の考察は、回心の諸相を検討する本書の基礎となるものである。

（2） アスランとの出会いの諸相

登場人物たちは共通して、ある思慕の念を抱く。それは時間的、空間的、時空を超えたものへの強い憧れとなって現れる。憧れは、この作品の統一原理であるアスラン（Aslan）に収斂されて向けられるが、それは畏怖と歓喜という両面をもつことを指摘する。憧れの対象としてのアスランで自体にも同様の両面性が認められる。この両面性は登場人物が出会う以前に抱く憧れにおいてと、実際にアスランと出会ったときに感じる情感と一致する。アスランという超越的存在との出会いである。憧れを抱きながらアスランに出会う。不可視的存在から実在する存在へと変化した時点で憧れは存在価値を失い消失する。したがって、憧れは登場人物を回心へ導く道標としての役割を果たす。

アスランとの出会いは、アスランからの呼びかけによって開始される。言葉の発信、接近、凝視という方法によりアスランは登場人物に呼びかける。これはアスランからの招きの行為である。さらに登場人物側からのアスランへの応答がある。ここに招きと応答という人格的な呼応関係について登場人物の事例を検討する。ここでアスランとの関係は超越的なものから人格的なものへと変化する。アスランと登場人物とは、一対一の対話を開始する。対話は五感による身体的対話と、言葉による霊的対話に分けられる。ここにアスランと登場人物との間には人格的関係が確立し、これが回心の起点となることを示す。

（3） 自己との出会いの諸相

登場人物たちはアスランとの対話によって、自己の罪性すなわち罪を犯し続けてきた自分、さらには罪を犯していながらそれを克服しようとしなかった自分を認識させられる。自分がいかに罪深い卑小な人間であるかという自己の矮小性を自覚させられるのである。さらに、これとは対照的に、正しい理想と賜物をもって善いことを実践できる自分、神の似像としての素晴らしいものを兼ね備えた自分をも認識させられる。このようにアスランとの出会いは、対照的な二つの自己との出会いを生むのである。聖書的にも明確な起源をもつ人間の二面性への気づきを回心の過程の中に明確に位置づけ、それらが登場人物においてどのように描写されているかを検討する。

まず卑小な自己との出会いについて、その要因となる罪についてその種類と内容を検討する。回心を果たした登場人物がどのような罪を犯して、どのように罪を自覚し告白するのか具体的な描写を検討する。その際、キリスト教会で古来重視されてきた「七つの大罪」すなわち高慢、憤怒、嫉妬、怠惰、貪欲、貪食、邪淫の罪に分けて考察する。その上で、この作品に見える回心の構造の特徴について検討する。その際、正邪を理解しても罪を犯すという良心の問題と、苦痛の体験によって覚醒するという痛みの問題が論点となる。

卑小なる自己との出会いを果たした登場人物は、回心の過程における次の段階に移行する。次の段階とは、偉大なる自己との出会いである。それはまず自己放棄という形であらわれる。逆説的ではあるが、人間は自己を捨てたとき、すなわち自らのすべてを超越者に委ねたときに、自分の偉大さを発見することができるのである。自己放棄を果たした後、それは謙遜という実際的な態度としてあらわれる。高慢の対極的な概念としての謙遜を獲得することとなるのである。その結果は実践としてあらわれる。七つの徳すなわち知恵、正義、節制、勇気、信仰、希望、愛に分けて考察し、謙遜の獲得と徳の実践によって回心は完成することを示す。

（4） 登場人物のもつ今日的意義

登場人物が現代に生きる読者に語りかける内容について検討しなければならない。回心の起点に立つために果たされる登場人物の役割として、反面教師的なそれと、模範的モデルとしてのそれに分けて考察する。現代に生きる者は、前者のようにはならず、後者のようになることが求められているのである。前者の例としてアンドルー（Andrew Ketterley）と小人（Dwarfs）、回心前のエドマンド（Edmund Pevensie）とユースチス（Eustace Clarence Scrubb）、回心後のスーザン（Susan Pevensie）、魔女ジェイディス（Jadis）を挙げる。後者の例としては、自然人やエーメス（Emeth）、回心を果たした登場人物の性格を事例として検討する。このように多彩な様相を示す登場人物を検討しながら、現代に生きる者が回心を完成させるためにはどうすればいいのか、ルイスがこの作品によって与えてくれているメッセージまたはヒントの的確な読み取りを試みる。

最後に、『ナルニア国年代記物語』に描かれる回心の諸相は、現代に生きる読者にとってどのような意味をもつのか、また、読者はどのようなメッセージを受け取ることができるのかを探る。本書が明らかにした一連の回心に関する描写が読者の心に響き、この作品のもつファンタジーの世界から現実に引き戻されたとき、読者の現実を見る眼に変化を引き起こし、読者の生き方が変革させられるところにこの作品の偉大さがあることを示す。

以上の方向で、論を進めていく。（1）は第1章、（2）は第2章と第3章、（3）は第4章と第5章、（4）は第6章に該当する。

第1章
回心とは何か

第1節　回心の定義

回心については、ウィリアム・ジェイムズ（William James, 1842-1910）の『宗教的経験の諸相』（*The variety of religious experience,* 1901）が先駆的研究である。世に出て1世紀を経た今なお、いかなる回心に関する研究もこの著作の成果に負うところが大きい。本書においても、本節における回心の定義づけや、各章で展開する回心の過程と構造の解明について、同書に依拠するところが大きい。回心そのものについては、意外なことにこれまで聖書的あるいは神学的概念として明快な規定がなされてこなかった。聖書において明確な記述がない上に、神学においても他の概念に比べて研究対象として取り上げられることが少なかったからである。回心は、神学よりはむしろ心理学や精神分析学などの精神科学の分野で研究対象とされてきた概念である。また、回心はあらゆる人間の生き様にかかわる重要な概念であるゆえに、文学作品で数多く取り上げられてきた。たとえ作者自身が無自覚的であっても結果的に回心が描写されている作品も多いと考えられる。ジェイムズは、回心の過程に着目して、次のように述べている。

To be converted, to be regenerated, to receive grace, to experience religion, to gain an assurance, are so many phrases which denote the process, gradual or sudden, by which a self hitherto divided, and consciously wrong inferior and unhappy, becomes unified and consciously right superior and happy, in consequence of its firmer hold upon religious realities. This at least is what conversion signifies in general terms, whether or not we believe that a direct divine operation is needed to bring such a moral change about[3).

回心する、再生する、恩恵を受ける、宗教を体験する、安心を得る、というような言葉は、それまで分裂していて、自分は間違っていて下等であり不幸であると意識していた自己が、宗教的な実在者をしっかりとつかまえた結果、統一されて、自分は正しくて優れており幸福であると意識するようになる、緩急さまざまな過程をそれぞれあらわすものである。少なくともこの過程が、一般に回心と言われるものであって、そのような精神的な変化を引き起こすのに、直接の神の働きかけが必要であると考えるか否かは別問題である[4)。

この言説には、回心の過程の内容が過不足なく的確に含まれている。すなわち現実的自己の確認、自己超越者との出会い、理想的自己の発見である。しかも、時間的に緩急多様な事例が存在することも的確に指摘されている。回心の過程に着目するならば、ここに示されているように、ほとんどの場合、超越者との出会いを通じて、現実的自己の確認から理想的自己の発見へと移行していくという経過をたどるといえよう。さらに、ジェイムズは回心の構造に着目して、次のように述べている。

> To say that a man is 'converted' means, in these terms, that religious ideas, previously peripheral in his consciousness, now take a central place, and that religious aims form the habitual centre of his energy[5].

> ある人間が「回心」したと言うことは、これらの用語を用いて言えば、それまでその人間の意識の周辺にあった宗教的観念がいまや中心的な場所を占めるにいたるということ、宗教的な目的がその人間のエネルギーの習慣的な中心をなすにいたるということ[6]。

先の引用においても 'religious realities'「宗教的な実在者」との出会いが示され、ここでも、'religious ideas'「宗教的観念」や 'religious aims'「宗教的目的」が重視されている。したがって回心は必然的に宗教性をともなう変化なのである。さらに回心による変化は、部分的ではなく中心的な位置を占めることが示される。すなわち「回心の本質は、部分的で表面的な変化ではなく、全体的で根本的な構造的転換[7]」なのである。全体的で根本的なものとなるのは、それが宗教性を帯びるからである。宗教性、換言すれば信仰は、その本質上、一個の人間の隅から隅まで全体にかかわる必然性をもっているからである。回心の構造に着目するならば、その特徴は宗教性と全体性であるということがいえよう。

神学的見地による教科書的定義として、山本和は次のように回心を定義づけている。

> ひとりの人間の中に新しい人間がはじまり、かれは自己の古い生に拒否を通告し、新しい生に歩むことに誓いを言い表わす。この拒みから誓いへ、神のために死んだ者から神のために生きる者へ、否から然り

への生活思考の根本的方向転換[8]。

やはり、神という超越者をめぐって生の全体的かつ根本的な変革が回心の中核に据えられている。一方、個性的定義として、ユルゲン・モルトマン（Jurgen Moltmann）は、回心を次のように定義づけている。

悔い改めとは、それ自体、福音が示し神の御霊が力あらしめる可能性の中で、この世の諸条件の下での新しい生の先取りにほかならない。悔い改めとは、御国が近づいているというこの事実に基づいて、神の御国を先取りした生なのである[9]。

モルトマンは、福音書におけるイエスによる回心命令[10]を踏まえて、富める者に回心が求められ、この世の現実の中で神の国を体験することが回心であるとしている。

また、回心には元来原義的に回帰すなわち元に戻る意味が含まれる。ピエール・アド（Pierre Hadot）によれば、回心は「起源への回帰」と「生まれ変わること」の二つの意味をもつとされる[11]。回帰と新生とは、対立する概念ではなく、結局は同義である。人間は堕罪により罪に満ちた現実を生きるが、新しく生まれ変わることによって、本来の神の似像としての自己に帰っていくというのである。

このような複数の定義を踏まえた上で、本書における論の展開に当たって、筆者自身が回心をどのように定義するのか、前提となる回心の概念規定が求められる。本書では、回心についてその過程と構造に着目して、筆者なりに次のように定義づけることとする。

回心とは、超越的なものとの出会いによって得た正しい自己理解に従って、自己の生き方の変革を決断して実行し、その後も強い意志をもって継続することである。

正しい自己理解には、現実的自己と理想的自己という対照的な相反する自己の発見が含まれる。超越者との出会い、正しい自己理解、変革の決断と実行、その後の継続の四点をすべて含むことが回心成立の必須条件である。『ナルニア国年代記物語』において回心を果たした登場人物たちは、すべてこの条件を満たしている。また、先に挙げた複数の定義も、この作品における登場人物の回心に該当するといえよう。

さらに角度の異なった視点として、ジェイムズは、回心の起こる年齢層について、次のように述べている。

Conversion is in its essence a normal adolescent phenomenon, incidental to the passage from the child's small universe to the wider intellectual and spiritual life of maturity[12].

回心はその本質において青年期における正常な現象であって、小児が小さな世界から成年の広い知的および精神的な生活に移行するときに付随しておこる現象なのである[13]。

回心は青年期に起こりやすい霊的な成長の一形態とされている。さらにジェイムズは、その徴候として次のようなものを挙げている。

Sense of incompleteness and imperfection; brooding, depression, morbid introspection, and sense of sin; anxiety about the hereafter; distress over doubts, and the like[14].

自分は未完成であり不完全であるという感じ、思案、意気沮喪、病的な内省、罪悪感、来世に対する不安、懐疑の悲しみ[15)]。

年齢層的にも、徴候の内容的にも、まさに『ナルニア国年代記物語』における登場人物たちに合致するといえよう。

以上のように、この作品における登場人物たちの成長は、様々な角度から見た回心の形に合致する。したがって、『ナルニア国年代記物語』を「回心」という概念を切り口にして検討することはたいへん妥当かつ有意義な作業と確信するものである。

第2節　ルイスの回心理解

ルイスは自伝的著作として発表した『不意なる歓び』(*Surprised by Joy*, 1955) において、自身の回心体験を克明に語っている。ルイスはそのまえがきにおいて、"The book aims at telling the story of my conversion" (*SBJ* ix)「この本はわたしの回心のいきさつを語ることを目ざしており」([歓び] 9) と述べている。それほどにルイスにとって回心は重要な事件であったわけである。ルイスはまず有神論へ、次にキリスト教の神へと二段階に分けて回心したという。同書の記述からルイス自身がたいへんな精神的思索と苦悩を経て回心を遂げたという事実がわかる。その中でとりわけ回心の本質を象徴的に示しているのは、ルイスが同書の冒頭に引用したワーズワス (William Wordsworth, 1770-1850) の詩句の一行と、引用はされていないがそれに続く一行である。次のような短い詩句である。

Surprised by joy – impatient as the Wind (*SBJ* iii)

I turned to share the transport[16]

突然の歓びに襲われて ― 私は矢も盾もたまらずに
風のように方向を転じ、この愉悦を分かとうとした。([歓び] 7)

歓びはルイスが回心に至るまで強烈に抱いてきた憧れの情感である。'turn' という言葉が意味するように、回心は方向転換である。この二行の詩句は回心のもつ方向転換という特質を叙情的にたいへん美しく歌い上げた比類のない名句である。ルイスは直感的にこの一節の中に回心の本質を看取したのであろう。

ルイスは、特定の概念について神学的に規定することはしていないが、弁証的著作においていくつかの神学的概念を明解かつ平易に説明している。回心に関する次の説明もそのひとつである。ここでは 'repentance'「悔い改め」を用いているが、'conversion'「回心」の原語であり、同義と理解して支障ない。

> Laying down your arms, surrendering, saying you are sorry, realizing that you have been on the wrong track and getting ready to start life over again from the ground floor — that is the only way out of our 'hole'. This process of surrender — this movement full speed astern — is what Christian call repentance. (*MC* 56)

自分が間違っていたことを悟り、申訳ありませんでしたと言って、武器を投げ出し、降服して、人生を全く初めからやりなおす覚悟をきめる ― これが「穴」から出る唯一の方法なのである。この降服の過程

— この全速力の後退 — これがクリスチャンの言う悔改めなのである。([精髄] 102)

この言説のなかに、罪の自覚、自己放棄、新生、回帰といった回心の主要構造が含まれている。ルイスは、回心の主体を神に置き、神の行為としての回心について、"not simply to produce better men of the old kind but to produce a new kind of man." (*MC* 216)「単に今まで通りの人間を改善するためではなく、新しい種類の人間を作り出す」([精髄]) 324)こととしている。さらにルイスは、比喩的表現を用いて回心を次のように特徴づけている。

…..it is not like teaching a horse to jump better and better but like turning a horse into a winged creature. (*MC* 216)

馬をだんだんうまく跳べるように調教するためではなく、馬を翼のある動物に変えるようなもの([精髄]) 324)

ルイスは、回心がまったく新しい人間に生まれ変わることであると考える。前節で検討した複数の定義と同様に、回心は一人の人間の部分的なことではなく、存在全体にかかわるものであると理解しているのである。ルイスは回心が改善というものではなく、まったく形を変えてしまうものであることを強調するために、'transformation' (*MC* 218)「変態」([精髄]) 326) という生物学的用語を用いている。回心後の人間は、さなぎから変化した蝶のごとく、まったく 'The new man' (*MC* 218)「新しい人間」([精髄] 326) なのである。

さらに、先に引用した '…..start life over again from the ground floor'

「人生をまったく初めからやりなおす」という一節には、回心が回帰の意味をもつことが示されている。ルイスが『不意なる歓び』の終章を ‘The Beginning’（*SBJ* 267）「始まり」（［歓び］300）としている点も、回心が回帰でもあることを示唆している。ルイスは、回心によって人間は人間としての本来の起点に戻り、そこからまた新しい生が始まると考えていたのである。

さらにルイスは、回心後の状況について、次のように述べている。

> If conversion to Christianity makes no improvement in a man's outward actions — if he continues to be just as snobbish or spiteful or envious or ambitious as he was before — then I think we must suspect that his ‘conversion’ was largely imaginary;（*MC* 207）

> キリスト教に回心することによって、ある人の、外に現れる行為がいっこう善くならないとするならば — 彼が以前と全く同様、相変わらず俗物根性を持ち、意地わるで、嫉妬ぶかく、野心的であるとするならば — 彼の「回心」はおおかた空想的なものだったのではないかと疑わざるをえないとわたしは思う。（［精髄］311）

ルイスは、回心の結果は内面だけではなく外面的な変化もともなわなければならないとしている。さらに回心後の継続がいかに困難なことであるかもここで暗示されているといえよう。

以上のように、ルイスもまた、前節で検討した定義と同様の特質を回心の本質として見ていたのである。回心のもつこのような特質は『ナルニア国年代記物語』の登場人物たちにおいて見事に描出されているわけである。

第3節　登場人物の回心類型

回心にはいくつかの異なるパターンが存在し、それらは回心類型として分類することができる。ジェイムズは、回心類型について次のように述べている。

> If we roughly arrange human beings in classes, each class standing for a grade of spiritual excellence, I believe we shall find natural men and converts both sudden and gradual in the classes[17].

> もし私たちが人間を大ざっぱに何階級かに分けて、各階級がそれぞれ一定の精神的優秀さの程度をあらわすように分類してみるならば、どの階級のなかにも、自然人と回心者とが、それから回心者に、突然の回心者と漸次的な回心者とが、見いだされるであろう、と私は信ずる[18]。

このように、人間は回心に関して、自然人、回心者、非回心者に大別できる。そして後述するように、回心者については、突発的回心と漸次的回心、さらに特異な例として逆回心と水平的回心があり得る。

ルイスは、回心の物語を描こうとして『ナルニア国年代記物語』を執筆したわけではない。また、回心パターンを想定して登場人物の成長物語を構想したわけでもない。ルイスの著作に、ジェイムズの『宗教的経験の諸相』からの引用や言及はまったくなく、わずかにこれを読んだと思われる形跡がうかがえるだけである。ルイスは、科学万能主義に批判的であったし、アメリカの様々な風潮に嫌悪感を抱いていたから、心理学という科学的アプローチを駆使したアメリカ人学者による研究書を重視したとは考えにくい。しかしながら、ここでとりわけ重要な事実は、ルイスがこの作品において描いた登場人物たちの回心のパターンが、結果的にジェイムズが指摘した回心の定義やパターンに見事に一致している点である。ルイスの信仰に対する洞察力と見識、そしてルイス自身の信仰がそのような結果を生んだといえよう。さらに、逆回心や水平的回心の事例も加えている点は、驚くべき洞察であり、『ナルニア国年代記物語』の完成度の高さを示す事実といえよう。パターン別に、その特質を概観していこう。

第一にあげられるのは、自然人である。自然人とは、まったく回心する必要のない生来の善人である。ジェイムズは「一度生まれ」(the once-born)と「二度生まれ」(the twice-born)という概念に言及しているが[19]、自然人は前者に該当する。生まれながらにして信仰を受け入れる素質をもっており、どのような事態に遭遇しても回心者のごとく正しく対応することができる。生まれ変わる必要が生じないのである。ジェイムズは、自然人について次のように述べている。

> In the religion of the once-born the world is a sort of rectilinear or one-storied affair, whose accounts are kept in one denomination, whose parts have just the values which naturally they appear to have, and of which a simple algebraic sum of pluses and minuses will give the total worth[20].

> 一度生まれの人の宗教では、世界は一種の直線的なもの、あるいは一階建てのものであって、その勘定は一つの単位でおこなわれ、その部分部分はきっかりそれらが自然にもっているように見えるだけの価

値をもっており、単に代数的にプラスとマイナスとを合計するだけで価値の総和が出てくるといったようなものである[21)]。

このように、一度生まれの人すなわち自然人は、すべてを純粋に受け入れることができるのである。ルイスは自然人について、『栄光の重み』（*The Weight of Glory*, 1949）において、次のように述べている。

> There is no doubt a blessedly ingenuous faith, a child's or a savage's faith which finds no difficulty.（*WG* 107）

> 恵みに充ちて純真な信、幼な児の、あるいは未開の人の、なにひとつ困難というものに会うことのない信というものは確かにあります。（［栄光］146）

ルイスはこのように述べた後、彼らがシンボルを事実と誤認しているところに誤りがあると指摘しているが、本来の意味では正しく素晴らしいとしている。『ナルニア国年代記物語』において、このタイプはアスランとの出会いを何の疑問もなく文字通り素直に受けとめる例である。この例では、登場人物の罪性は特に取り上げられておらず、罪の自覚や告白の場面はない。馬車屋（The Cabby）、松露とり（Trufflehunter）、リーピチープ（Reepicheep）、泥足にがえもん（Puddleglum）が挙げられる。

次に、回心者のうち、突発的回心のタイプである。ジェイムズによれば、突発的回心には自己放棄型（type by self-surrender）が多い。きわめて劇的であり、物語としても興味をそそる。ジェイムズもこの型のほうが研究対象として面白いとしている。この作品においては、アスランとの出会いがきわめて衝撃的な邂逅となり、百八十度転換に近い劇的な回心を遂げた例である。エドマンドとユースチスの二人が挙げられる。

次に漸次的回心のタイプである。ジェイムズは、漸次的回心には意志型（volitional type）が多いとして、次のように述べている。

> In the volitional type the regenerative change is usually gradual, and consists in the building up, piece by piece, of a new set of moral and spiritual habits. But there are critical points here at which the movement forward seems much more rapid[22].

> 意志的な型においては、再生的な変化は、普通、漸次的であって、道徳的および精神的習性の新しい組織が少しずつ組み立てられてくるのである。しかし、この場合にも、全身運動がかなり急速におこなわれるように思われる危機点が必ずいくつかある[23]。

ここで示されている‘critical points’「危機点」は、いずれの場合もアスランとの出会いによってもたらされる。『ナルニア国年代記物語』においては、登場人物に対して各種各様に訪れる「危機点」が実に見事に描出されているといえよう。多くの登場人物はこのタイプである。ポリー（Polly Plummer）、ピーター（Peter Pevensie）、ルーシィ（Lucy Pevensie）、シャスタ（Shasta）、ブレー（Bree）、チリアン（King Tirian）、たから石（Jewel, The Unicorn）、ディゴリー（Digory Kirke）、アラビス（Aravis）、カスピアン（Prince Caspian）、ジル（Jill Pole）を本書でとりあげる。ルイスは漸次的回心について、次のように述べている。

> As well, the thing I am talking of now may not happen to every

one in a sudden flash — as it did St Paul or Bunyan: it may be so gradual that no one could ever point to a particular hour or even a particular year.（*MC* 146）

だれにでも — 聖パウロやバニヤンの場合のように — 一瞬の閃光のうちに起こるとは限らない。非常にゆるやかに起こったので、それがいつ起こったのかその時間にはおろか年さえもはっきり示すことができない（[精髄] 227）

When the most important things in our life happen we quite often do not know, at the moment, what is going on.（*MC* 146）

人生でほんとうに大事なことが起こる時には、そのさなかには、いったい何が起こっているのか分からないというのがふつうである。（[精髄] 227）

このように、漸次的回心は無自覚的な場合が多いが、これらのタイプはいずれもすでに回心の準備が整っていたか、小さな回心を絶えず繰り返した例といえよう。エドマンドやユースチスが経験したような、何か特定の大きな出来事を体験して、劇的な回心を遂げるという経過はたどらない。身にふりかかった出来事の一つひとつが、彼らにとっては小さな回心の出来事だったとも、小さな回心が積もり積もって大きな回心を遂げることができたともいえよう。

次に、特殊な回心例として水平的回心がある。コーン（W.E.Conn）は「内容の変化、例えば信仰対象が変わるといった変化を『水平的回心』、その一方で発達段階の移行を伴う構造的な変化を『垂直的回心』と呼び分け」[24]ている。これは回心というよりは改宗である。これまで信じてきた信仰の対象を、ある出来事を契機に別の対象に変更する例である。エーメスが挙げられる。

次に逆回心である。ジェイムズは、スターバック（E.D.Starbuck）が'the transition from orthodoxy to infidelity'[25]「正統信仰から不信仰への推移[26]」を'counter-conversion'[27]「逆回心」と呼んでいることを評価している。いったんは回心を果たしたが、何らかの理由で継続することが困難となり、結局は回心前の状態に逆戻りしてしまった例である。この例としてスーザンが挙げられる。ルイスは回心後の継続の困難さについて多く語っているが、このような例をひとり登場人物に加えている点がたいへん興味深い。

次に非回心者である。自然人や回心者が存在するのと同様に、回心しないあるいは回心できない者が存在するのである。ジェイムズは非回心者について、次のように述べている。

> Some persons, for instance, never are, and possibly never under any circumstances could be, converted. Religious ideas cannot become the centre of their spiritual energy. They may be excellent persons, servants of God in practical ways, but they are not children of his kingdom. They are either incapable of imagining the invisible; or else, in the language of devotion, they are life-long subjects of 'barrenness' and 'dryness'[28].

> けっして回心することのない人があり、また、おそらくどのような事情があっても回心することのありえない人もあろう。宗教的な観念はそのような人の精神的エネルギーの中心となりえないのである。そう

いう人々は優秀な人物でもありえようし、実践的な面では神のしもべでありえよう。しかし、彼らは神の国の子らではない。彼らは、目に見えないものを想像する能力がないか、でなければ、信仰上の用語で言えば、一生涯「不毛」と「乾燥」の人である[29)]。

非回心者としては、アスランとの出会いを真の出会いとすることができず、まったく回心を遂げられなかった例がある。アンドルー、ニカブリク(Nikabrik)、小人全般が挙げられる。さらに、特殊な位置づけの登場人物として、回心の余地がまったくあり得ない、悪の典型的な要素をもつ魔女ジェイディスが挙げられる。

第2章
アスランとの出会いの諸相（1）
― 超越的存在としてのアスラン ―

第1節　アスランへの憧れ

登場人物たちがアスランと出会う前に、どのような心的準備をしているのかに注目してみると、ひとつの共通点を見いだすことができる。アスランの存在に自覚的であるかどうかを別にして、各人各様にアスランに対する強い思慕の念を抱いている点である。アスランの存在に自覚的な例としては、ビーバーにアスランの存在を教えられてアスランそのものへの思慕の念を募らせる四人のペベンシー兄弟、アスランの影響が強かった古き良き昔の時代に対して思慕の念を募らせるカスピアン、アスランのいるこの世の東の果てに到達したいと切望するリーピチープの例がある。アスランの存在に無自覚的な例としては、なぜか未だ知らぬ北方の地への思慕の念を募らせるシャスタの例がある。

まず、過去への思慕の念を募らせるカスピアンについて検討してみよう。カスピアンは、乳母やコルネリウス（Doctor Cornelius）から、アスランの力が影響していた昔日のナルニアの様子や歴史を教えられて、古き良き時代すなわち過去のナルニアへの想いを日増しに募らせていった。その情感は次のように描写されている。

> A great longing for the old days when the trees could talk in Narnia came over her. (*PC* 122)

> ナルニアで木々も話すことのできたむかしのことをはげしくのぞむ願いが、胸をついてわきあがってきました。([カ] 173)

ここで用いられている 'a great longing' はかなり強い切望の念を表しており、カスピアンの想いの強さが率直に描かれている。この情感は、ルイスのキリスト教思想の中心的な概念のひとつである 'Joy'「憧れ」である。カスピアンのみならず、彼にそれを教えたコルネリウスや乳母自身も古き良きナルニアへの憧れを強くもっていた。二人は自らもまた強い渇望をもっていたからこそ、カスピアンに対してナルニアの歴史を熱く語ることができたのである。当然、カスピアンにもその想いが伝わり、彼は憧れの念をますます募らせていった。ナルニアの黄金時代やアスランの来たるこの世の東の果ての国の話を、カスピアンがコルネリウスによって感動深く聞かされたとき、"there was a deep silence between them for a few minutes." (*PC* 56) 「ふたりのあいだに、数分間のふかい沈黙が生まれました。」([カ] 86) とある。それぞれの脳裏に過ぎ去った昔への憧れの念が心底よりこみ上げてきたのである。言葉では表現できない切なる想いを両者が同時に共有した情景を、ルイスは実に感動的に描いている。この強い切望はカスピアンに、やがてこの世の東の果てへの航海を決意させることになり、この作品における数々の重要な場面を構成することになる。

いずれにせよ、カスピアンの抱いた憧れは、過去のナルニアへの思慕の念である。現在ではなく過ぎ去った事物に対する切なる想いであるから、それは時間的なものといえよう。

カスピアンの抱いた憧れに対して、シャスタの憧れは時間的なものではなかった。父親がわりのアルシーシュ（Arsheesh）に、理由もわからないまま北方へ興味を抱くことを禁じられていたシャスタは、南方には嫌悪感を抱き、北方へ憧れの念を募らせていた。シャスタの未だ見ぬ遠方への思慕の念は、次のように描写されている。

> But he was very interested in everything that lay to the North (*HHB* 2)

> それにひきかえて、北のほうにあるものなら、すべてに心をひかれました。（［馬］16）

> .....and all alone, he would often look eagerly to the North. (*HHB* 2)

> ひとりぼっちのシャスタは、よく北のほうにあこがれの目をむけたものでした。（［馬］16）

> Then we'll go North. I've been longing to go to the North all my life. (*HHB* 13)

> じゃあ、北へいこう。ぼく、いままでずっと、北へいきたいとばかり思っていたんだよ。（［馬］32）

ここでは動詞の‘long’が用いられ、やはり切望の強さが表現されている。北方は‘the North’と大文字で示され、単なる北の方角という意味を超えて、北に位置する何か特定の「聖なるもの」を想起させる描写となっている。'pure 'Northernness' engulfed me' (*SBJ* 83)「純粋に北方的なものがたちまちにしてわたしを捉え」([歓び] 100) とあるように、ルイスは北欧神話を通じて北方という方角に対して独特の魅力を感じていた。'Northernness' という言葉をしばしば用いて、自らの体験として北方への憧れが熱く語られている。ルイスは北方のイメージを、次のように記している。

> .....a vision of huge, clear spaces hanging above the Atlantic in the endless twilight of Northern summer, remoteness, severity… (*SBJ* 83)

> 北の国の夏の、いつ果てるともない黄昏、大西洋のうえに垂れこめている、巨大な、澄みきった虚空のイメージ。はるかなるもの、冷厳なるものの印象がそこにはあった… ([歓び] 100)

ルイスは、このような北方のもつイメージや北方への憧れに基づいて、ナルニア国の様子を描いたのである。

一方、リーピチープはアスランの存在を信じ、何事もアスランの名誉のために生き抜くことを信条としていたから、アスランがいると伝えられてきた 'the utter East' (*VDT* 22)「この世の東のはて」([朝] 41)、すなわち 'Aslan's own country' (*VDT* 21)「アスランの本国」([朝] 40) への思慕の念を募らせていた。シャスタにおける北方の場合と同様、憧れの対象は、未だ見ぬ場所、はるか遠い彼方への思慕である。東はやはり大文字で 'East' と表現されている。これもシャスタの場合と同様、ある特定の「聖なるもの」を想起させる表現である。リーピチープが憧れをもつに至った経緯は、次のように描写されている。

When I was in my cradle a wood woman,
a Dryad, spoke this verse over me:
“Where sky and water meet,
Where the waves grow sweet,
Doubt not, Reepicheep,
To find all you seek,
There is the utter East. I do not know what it means.
But the spell of it has been on me all my life.（*VDT* 22）

わたしがゆりかごにおりましたころ、木のおとめドリアードが、つぎのような歌を、くりかえしてきかせてくれました。
　空と海おちあうところ、
　波かぐわしくなるところ、
　夢うたがうな、リーピチープ、
　もとめるものを見つけるのは、
　ひんがしのいやはての国。
どんないみがあるのか、存じませんが、この歌の魅力は、生涯むねにきざまれております。（［朝］41）

リーピチープの心に強い憧れを生み、それを徐々に強固なものにしていったのは、幼いときに聞かされた歌だったのである。この歌を長らく心に刻み続けたリーピチープにとって、この世の東の果てへの憧れはまさに‘My heart’s desire’（*VDT* 225）「わたしのおくぞこからののぞみ」（［朝］299）であった。

このように、シャスタやリーピチープの憧れは、ある特定の場所に対するものである。カスピアンの憧れが時間的なものであったのに対して、シャスタやリーピチープのそれは空間的なものであったといえよう。

次に、アスランそのものの存在を知らされた四人のペベンシー兄弟について検討してみよう。四人は、ビーバーからアスランの到来について知らされる。すでに、そのとき、雪は解け、川は流れ出し、木々は芽吹き、花々は咲き乱れ、動物たちは躍動しつつあった。ルイスは、自然の変容を見事に描写することによって、アスランの到来を、象徴的に描くことに成功している。自然の変化と人間の心の変化をうまく併記しながら、アスランの登場という喜びに満ちた出来事を劇的に描写しているのである。風景描写と同様、アスランの登場による登場人物の心情の変化についても見事に描写されている。ペベンシー兄弟がそれぞれ各様に抱いた情感の相違は、次のように明快に表現されている。

> At the name of Aslan each one of the children felt something jump in its inside. Edmund felt a sensation of mysterious horror. Peter felt suddenly brave and adventurous. Susan felt as if some delicious smell or some delightful strain of music had just floated by her. And Lucy got the feeling you have when you wake up in the morning and realized that it is the beginning of the holidays or the beginning of summer. (*LWW* 74)

アスランの名をきいて、子どもたちはめいめい、心のなかで、どきんと感じました。エドマンドは、わけのわからないおそれのうずにまきこまれました。ピーターはふいに強くなって、なんでもやれる気がしました。スーザンは、なにか香ばしいにおいか、うつくしい楽の音がからだをつつむ思いでした。そしてルーシィは、朝、目をさましてみたら、たのしい休みか、喜ばしい夏がはじまったときのような気もち

を味わいました。（［ラ］98）

四人ともアスランをまったく知らなかったにもかかわらず、ビーバーからアスランの名を聞いただけで一種独特の感情に見舞われるのである。畏怖と歓喜の両方が混在した情感である点が共通しているが、各々の思いや性格、精神状況の相違などによって、そのいずれか一方が強く表出している。エドマンドは、すでに裏切りの行為を始めていたために畏怖だけが強く出ている。いつもリーダーシップ発揮に活躍するピーターは、特別な行動力を得たような歓喜の気持ちを強く感じる。五感に敏感なスーザンは、特に鋭い感性をもっていた臭覚や聴覚を刺激される。ルーシィは、素直で純粋に日々を生きる彼女らしく日常生活における楽しさやうれしさに似た想いで受けとめる。彼らにとってアスランは未だ見ぬ遠い存在であるにもかかわらず、各々が熱い情感を抱き得た点が最も重要である。彼らの憧れは、カスピアンやシャスタ、リーピチープの場合と違って、時間や空間という概念を超えた究極的存在への思慕の念である。換言すれば、時空を超えた憧れの念といえよう。

ルイスは、“some of the principal values actually implicit in European literature”[30]「ヨーロッパ文学に実際に内在する主要な価値[31]」のひとつとして‘Sehnsucht’「憧れ」を挙げている。それは“*Sehnsucht* awakened by the past, the remote, or the (imagined) supernatural,”[32]「過ぎ去ったもの、遠くのもの、もしくは（想像上の）超自然的なものなどによって掻き立てられる〈憧れ〉[33]」とされている。これまでに検討してきたカスピアン、シャスタ、リーピチープ、ペベンシー兄弟に代表される情感の描写は、それぞれ、ここでルイスがいうところの「過ぎ去ったもの」「遠くのもの」「（想像上の）超自然的なもの」への憧れに対応する。カスピアンの場合は、古き良きナルニアという「過ぎ去ったもの」への憧憬である。シャスタの場合は未知の北方という、リーピチープの場合はこの世の東の果てという「遠くのもの」に対する憧憬である。ペベンシー兄弟たちの場合は、未知の究極的実在という「超自然的なもの」への憧憬である。言い換えれば、それぞれ時間的な憧れ、空間的な憧れ、時空を超えたものへの憧れということになろう。

憧れは、この作品においてたいへん重要な意味をもつ概念である。したがって、最も重要な登場人物である四人のペベンシー兄弟がアスランの存在を知ったときの情景は、かなり長い文章によって描写されている。先に引用したのはその後半部である。前半部は次のように描写されている。

> .....And now a very curious thing happened. None of the children knew who Aslan was any more than you do; but the moment the Beaver had spoken these words everyone felt quite different. Perhaps it has sometimes happened to you in a dream that someone says something which you don't understand but in the dream it feels as if it had some enormous meaning??? either a terrifying one which turns the whole dream into a nightmare or else a lovely meaning too lovely to put into words, which makes the dream so beautiful that you remember it all your life and are always wishing you could get into that dream again. It was like that now. (*LWW* 74)

> すると、たいへん奇妙なことがおこりました。子どもたちは、だれひとり、アスランとはどんなひとかということを知らなかったのですけれども、ビーバーがこのことばをいったとたんに、どの子もみんな、いままでにないふしぎな感じをうけたのです。きっとみなさんも夢の

なかで、だれかが何かをいった、そのことばがさっぱりわからないくせに、たいへん深いいみがあるように感じたことが、あるにちがいありません。その感じがとてもおそろしいことだったために、夢でうなされるとか、反対にことばにあらわせないくらいすばらしくて、一生忘れられないほど美しい夢になり、ぜひもう一度あの夢が見たいと思うことも、あるでしょう。いまちょうどそれでした。（［ラ］98）

子どもたちは、アスランの登場を聞いて、いわく言いがたい情感を抱くのである。ルイスは、子どもたちがごく日常の中で経験する事例を比喩として用いることによって、登場人物の心情を読者にわかりやすく伝えている。このことによって、読者は登場人物に対して容易に感情移入することが可能になる。

ここで特筆すべきことは、憧れのもつ両面的な特質と同様、'a terrifying one' に対して 'a lovely meaning' と表現されているように、対照的な情感が共存している点である。やはり二面性をもつのである。これは、後半で描写する四人の抱いた情感を予感させるが、ここですでに憧れの本質が的確に説明されているといえよう。また、ルーシィがくらやみ島を後にして東の空に新しい星座を発見したとき "with a mixture of joy and fear,"（*VDT* 205）「よろこびとおそれのいりまじった気もちで」（［朝］274）と描写されており、いちはやく抱いた独特の情感にもこの二面性が表現されている。憧れの中に、畏怖と歓喜の両面を持ち合わせた情感が、アスラン登場の予感として示されているのが特徴である。

第2節　憧れの対象としてのアスラン

憧れのもつ両面的な性質は、登場人物たちが実際にアスランと出会ったときに感じる情感の性質とも共通している。アスラン自身もまた、憧れの対象として畏怖と歓喜の混在した性質をもつからである。憧れの特質は憧れの対象によって決定されるのである。この点について、ルイスは次のように明確に述べている。

> But a desire is turned not to itself but to its object. Not only that, but it owes all its character to its object. (*SBJ* 256)

> しかし願望はそれ自身でなく、その対象にむけられる。それにまた、願望はその性格のすべてを、対象そのものから引き出している。(［歓び］288)

ここで指摘されていることは、憧れの本質を見る上でたいへん重要である。前節で言及したような登場人物たちの抱く情感は、アスランそのものの本質によって決定されている。登場人物たちがそのような情感を抱いたのは、アスランの本質と外面的様相が両面的なものだからである。多くの登場人物が実際にアスランと出会ったときに感じる印象もまた、歓喜と畏怖の共存したものとなるのである。登場人物側の精神状況等により、そのいずれか一方が強く表出するということはあっても、基本的に両者が共存し混在している。

登場人物たちがアスランと出会った瞬間に抱いたアスランへの情感は、ポリー、ディゴリー、シャスタ、エーメスにおいて、それぞれ次のように描写されている。

.....yet it was a lovely and terrible shock when he did.（*MN* 139）

うれしさにわくわくするような、こわくてどきっとするような、ときめきがありました。（［魔］192）

And Aslan was bigger and more beautiful and more brightly golden and more terrible than he had thought.（*MN* 159）

アスランは、ディゴリーが考えていた以上に大きく、美しく、まぶしいほど金色で、おまけに恐ろしい感じでした。（［魔］220）

But a new and different sort of trembling came over him. Yet he felt glad too.（*HHB* 176）

けれども、いままでとちがった、これまで知らなかったおののきが、全身につたわりました。しかも、なにかうれしい気もちでした。（［馬］243）

He was more terrible than the Flaming Mountain of Lagour, and in beauty he surpassed all that is in the world even as the rose in bloom surpasses the dust of the desert.（*LB* 204）

その恐ろしさは、ラゴアの火山をこえ、その美しさは、花ざかりのバラが砂漠のちりからぬきんでるように、この世のあらゆるものからぬ

きんでていました。（［さ］274）

いずれも、'lovely' に対して' terrible'、'beautiful' に対して 'terrible'、'trembling' に対して 'glad' など、対照的な意味の形容詞を併列することによって、アスランが登場人物に与える印象の二面性を的確に描写している。

以上は、前節にあげたような予感ではなく、実際にアスランを目の前にした登場人物が受けとめたアスランの印象としての描写である。登場人物がアスランに対して両面的な情感を抱くのは、憧れの本質を示しているものといえるが、アスラン自身が憧れの対象として両面的な性質を有していることをも同時に示している。登場人物たちは、アスランに出会う以前に予感として抱いていた独特の情感その通りのものに出会うのである。そのようなアスランの様相は、次のように説明されている。

.....a thing cannot be good and terrible at the same time.（*LWW* 140）

あくまで善人でありながら同時にすさまじいおそろしさをそなえたひとというものは考えられません。（［ラ］174）

Course he isn't safe. But he's good.（*LWW* 86）

もちろん、あの方は、安全ではありません。けれどもよい方なんです。（［ラ］114）

No one ever saw anything more terrible or beautiful.（*HHB* 177）

これほど恐ろしいもの、しかも美しいものは、ほかにないでしょう。（[馬] 244）

ここでも、'good' に対して 'terrible'、'not safe' に対して 'good'、'terrible' に対して 'beautiful' というように、いずれもたくみに対照的な形容詞を併列することによって、アスランのもつ二面性が明確に表現されている。特に、'not safe' について、ルイスは『神と人間との対話』（*Letters To Malcolm*, 1964）において、次のように述べている。

a safe god, a tame god, soon proclaims himself to any sound mind as a fantasy.（*LTM* 76）

安全な神、おとなしい神というものは、健全な精神の持ち主にとって、やがて、それが幻想であることがおのずから明らかになります。（[対話] 126）

アスランは幻想や想像上のライオンではなくて、登場人物の眼前に出現する実在のライオンであり、出会う者に衝撃を与えるライオンであったから、安全ではなかったのである。アスランは出会う者を打ちのめし痛みを与える、すなわち回心にともなう苦悩をもたらすのはアスランであるから、アスランは決して安全でないのは当然といえよう。

アスランのもつ二面性は、サモンズ（Martha C. Sammons）も『ナルニア国への誘い』（*A Guide Trough Narnia*, 1979）において、'A Terrible Good'「恐るべき善」という一項目を設けて、次のように述べている。

Aslan manifests a varirty of qualities – he is awesome, solemn,

> and stern, yet compassionate and joyful. He both growls and purrs[34].
>
> アスランは多様な性質を示す。彼は畏怖の念を起こさせ、近寄りがたく、厳しいけれども、哀れみ深く、喜びに満ち溢れてもいる。彼は怒りにうなることもあるし、喜びにのどを鳴らすこともある。

アスランがこのように、畏怖の対象でもあり、歓喜の対象でもあったことは、たいへん大きな意味をもつ。もしアスランが畏怖の対象としてしか考えられなかったなら、登場人物たちは誰もがアスランに接近することを嫌悪したであろう。しかし、ほとんどの登場人物は恐れを抱きつつも自ら望んでアスランに近づいていった結果、真の出会いを果たすことになる。そのような登場人物の微妙な心情は次のように描かれている。

> They were terribly afraid it would turn and look at them, yet in some queer way they wished it would. (*MN* 128)
>
> 子どもたちは、ライオンがじぶんを見たらどうしようと、ひどくこわがっているくせに、おかしなことですが、ふりむいてほしいと思う気もちがありました。([魔] 178)

ここでも、恐ろしい畏怖を抱く情感と、喜ばしい魅惑的な情感とが、登場人物たちの自然な気持ちとして見事に描写されている。

また、いよいよこの世の果ての地が近づいてきた東の果ての海に、スイレンのような花が咲き誇り、奇妙な感じを与えるにおいがたちのぼっていたとき、ルーシィとカスピアンがまったく同じ情感を抱いた場面を、次のように描写している。

> She and Caspian said to one another, "I feel that I can't stand much more of this, yet I don't want it to stop." (*VDT* 258)

> ルーシィとカスピアンとは、おたがいに、「これ以上このにおいをかいでいられないけれど、またかがないでもいられないような気がする。」といいあいました。([朝] 341)

いずれの描写にも、恐れつつも魅惑される登場人物の心情が表現されている。'be terribly afraid' に対して 'wish'、'not stand' に対して 'not want to stop' と、対照的で相矛盾する複雑な気持ちが的確に表現されているのである。これらはいずれも、「聖なるもの」に対して、登場人物側が近づきがたい恐れを感じつつも、しかし近づきたくなる魅力も感じるという二面性がうまく示されている。絶対的超越者であるアスランが二重性を有しているのに対応して、登場人物側もこの二重性を感じ取った結果として両面的な心情をもつことが実に見事に描写されているのである。

憧れが「聖なるもの」への憧憬であったのと同様に、ここに描かれたアスランも常に「聖なるもの」のイメージがつきまとい、アスランの超越性、究極性が読者に強く印象づけられている。このようなアスランの本質は、ルイス自身の信仰観や神理解の自然な発露ということもできるが、オットー (Rudolf Otto, 1869-1937) が『聖なるもの』(*Das Heilige*, 1917) において展開した神学にも依拠していると考えられる。オットーは、「聖なるもの」すなわちヌミノーゼの質的構造について「悪霊的・神的なものは心に畏怖と恐怖とを引き起すが、同時にそれは心を引きつけ、魅するのである[35]。」と述べている。

ルイスは、憧れに本質的な「聖なるもの」への強い情感を、『ナルニア国年代記物語』において終始場面を変え、言葉を変えることによって、繰り返し描いている。この独特の情感をこの作品の終盤においても集大成的な意味を込めて、次のように劇的かつ感動的に描いている。

> But the others looked in the face of Aslan and loved him, though some of them were very frightened at the same time. (*LB* 193)

> アスランの顔をあおぎみて、なかにはひどくおそれてしまう者もありますけれども、おそれながらも、アスランを心から愛する生きものたちでした。([さ] 257)

ここでは、'love' が用いられて、アスランが愛の対象であることが示されている。アウグスティヌス(St. Augustinus, 354-430)は『告白』(*Confessiones*, 397頃)において「そしてあなたは、激しい光を注いでわたしの弱い目をくらまされたので、わたしは愛と恐れで身をふるわせた[36]。」と述べ、神に対する畏怖と歓喜の念を表現しているが、ルイスの描写もこれに類似している。アウグスティヌスはさらにこの点について自らの心情を吐露する形で「わたしはおそれおののき、燃え立つのであるが、わたしはそのものに似ていないかぎりおそれおののき、そのものに似ているかぎり燃え立つのである[37]。」とも述べている。燃え立つのは愛の側面であり、おそれおののくのは恐れの側面である。オットーの示した神的なものの二面性は、アウグスティヌスの言葉の中に見事に表明されているのである。

ルイスの示した憧れも同様の構造をもつ。ナルニアから自分たちの世界に送り返されるのを恐れていたルーシィたちをアスランが激励する場面において、“Their hearts leaped and a wild hope rose within them.”（*LB* 228）「人間たちの心臓がどきんとうち、強い望みがもえあがりました。」（［さ］304）と描写されているのは、この作品の終盤を飾るにふさわしい。先述の愛に続いて、ここで‘hope’が用いられている。物語の最後を飾るアスランとの対話の場面で、聖なるものの有する二面性が、登場人物たちの共通した心情として美しく描写されている。物語の終盤においてこのような描写を集大成的に繰り返しているのは、憧れそのもの及びその対象としてのアスランの両者がもつ畏怖と歓喜という二面性を、ルイスがいかに強く訴えたかったかということの証左といえよう。

第3節　回心への道標としての憧れ

これまで述べてきた「憧れ」は、本書の主題である回心にとってどのような意味と役割をもつのであろうか。本節ではその点を検討したい。

『ナルニア国年代記物語』の統一原理はアスランである。したがって登場人物一人ひとりのアスランとの出会いが作品全体の大きな主題である。これまで見てきたように、アスランへの憧れはアスランとの真の出会いを促す働きをする。憧れという情感がなければアスランとの出会いは困難になる。登場人物の中で憧れを抱いた者は、アスランが登場すると、まさに自分が今まで抱いてきた憧れの対象にふさわしいものがついに出現したという実感を抱き、自らアスランに接近して出会いを果たしている。憧れをもたなかった者、例えばアンドルーや小人たちはアスランを目の当たりにしても、憧れを抱いていないためにそのような思いをもちえず、出会いを果たすことなく終わっている。アスランと出会うことができるかどうかは、出会う以前における憧れの有無にかかっているといえよう。

ルイス自身は、生涯の中で幼少期にはじめて憧れを抱き、微妙に意味合いが異なるとはいえ、その後も折りにふれて憧れを抱き続ける。過去に抱いた憧れに憧れるという状況も含めて、憧れを繰り返すことによって、憧れの本質としての願い求める渇望はよりいっそう強くなる。憧れとは‘a sensation of desire’（*SBJ* 16）「渇望のセンセーション」（『歓び』28）と表現されているように強固な渇望の念である。したがって、その願望が満たされることのない限り止むことなく継続するし、よりいっそう凝縮されていく。その願望は、何か特別な理由で遮断されることがない限り、満たされる時が来るまで追求され続けるのである。

ルイスは、この点に関して“.....it was essentially a desire and implied the absence of its object.”（*SBJ* 94）「それは本質的に願望であって、その対象が存在していないということが暗黙の前提となっていた。」（[歓び] 112）と述べている。憧れは、未だ存在しないものへの願望であり、未だ見ぬ存在への思慕の念である。この事実を裏返せば、憧れはそれが成就したあかつきには消失するということでもある。求めていた不可視的存在が可視的存在となり、しかも真の出会いが成就した時には、願望は消失する。憧れは消えてしまうのである。憧れは、アスランと真に出会うために必要不可欠なものであっても、真の出会いが実現した後には、もはやその存在価値を失ってしまうのである。ルイスは、たいへんな苦悩の末、キリスト教への回心を遂げた人物であるが、憧れと回心との関係について、次のように述べている。

> But what, in conclusion, of Joy? for that, after all, is what the story has mainly been about. To tell you the truth, the subject has lost nearly all interest for me since I became a Christian.（*SBJ* 276）

しかし、結局のところ、〈歓び〉はどうなったのか？ なぜなら本書はそもそも〈歓び〉について語るはずだったからだ。本当のところ、クリスチャンとなって以来、わたしはほとんどそれに関心をもたなくなってしまった。（［歓び］309）

このように、回心が成就したときには、それまでたいへん重要であった憧れは、消えてなくなってしまうのである。結局は消失してしまうような憧れというものは、回心にとってどのような意味をもつのであろうか。ルイスはこの点について、'signpost'「道標」という言葉を用いて、次のように的確に述べている。

It was valuable only as a pointer to something other and outer. While that other was in doubt, the pointer naturally loomed large in my thoughts. When we are lost in the woods the sight of a signpost is a great matter. He who first sees it cries 'Look!' The whole party gathers round and stares. But when we have found the road and are passing signposts every few miles, we shall not stop and stare. They will encourage us and we shall be grateful to the authority that set them up. But we shall not stop and stare, or not much; not on this road, though their pillars are of silver and their lettering of gold. 'We would be at Jerusalem.' Not, of course, that I don't often catch myself stopping to stare at roadside objects of even less importance. (*SBJ* 277)

それは他の、また外なる、何ものかを指し示す指標としてのみ、価値がある。その他者がどういうものであるかがはっきりしなかったあいだ、指標は当然ながらわたしの思いの中で大きな意味をもっていたわけだ。わたしたちが森の中で道に迷うときには、道標は当然ながら重要な意味をもっている。最初にそれを見出した者は「ごらん、ここに道標があるよ！」と叫び、みんなが集まってみつめるだろう。しかしわたしたちがいったん道を見出し、道標が数マイルおきに目につくようになると、誰ももはや立ちどまってみつめるというようなことはしなくなる。それはわたしたちを励ますだろうし、わたしたちはそれを立ててくれた人々に感謝するだろうが、もはや立ちどまってみつめることはしない。わたしたち自身がその道にいるかぎりは、たとえその道標が金で出来ていて、その文字が金で刻まれていようとも。「われら、エルサレムにいたらん。」もちろんわたしは道ばたに目をやり、重要さにおいてもっとも劣るものをみつめている自分にしばしば気づくこともあるのだが。（[歓び] 310）

超越的存在がなにものか不明のときに、それを求める道しるべ、すなわち「道標」として有効であったものが、求めるものが明確になった時点ではもはやその必要性は消失してしまうというのである。ルイスは、北欧神話の神々に対して強い憧れを抱いていた。有神論に至る以前にそのような憧れを抱いていたからこそ、キリスト教の神を信じる信仰の確立すなわち回心が実現したのである。北欧神話における神々は、ルイスにとって真の神そのものではないが、真の神認識への道を備えたといえよう。ルイスは、『不意なる歓び』の中心主題を歓びとすることによって、憧れが自らの回心にとって必要不可欠な要素であったことを語っている。ルイスはこの点について、次のように述べている。

Sometimes I can almost think that I was sent back to the false gods there to acquire some capacity for worship against the day when the true God should recall me to Himself. (*SBJ* 88)

折りおりわたしは、真の神はわたしをご自身のもとに呼び返したもうときに備えて、わたしが賛仰の能力をある程度身につけているようにと、いったん、偽りの神のもとに招きよせたもうたのかもしれないと考えることがある。([歓び] 105)

憧れは真の神との出会いを実現するための準備のひとつだったのである。憧れは回心のための養育係であったということもできよう。ルイスは、過去に数多く語り継がれてきた死と復活の物語について、"…..a myth had become fact," (*SBJ* 274)「神話が事実となった」([歓び] 307) という。『ナルニア国年代記物語』について言えば、強い憧れをアスランに対して抱いていた登場人物たちは、実際にアスランを実在のライオンとして目の当たりにする。これは登場人物たちにとって問答無用の事実である。憧れの対象としていたアスランという不可視的存在の実在を確認したのである。これが神話の事実化である。憧れの消失は、神話の事実化と同時に生起する。憧れは神話の事実化の認識を容易にし、その感動的な受容を可能にするという役割を果たした時点で消失するのである。したがって、憧れはそれ自体が目的ではなく、その対象であるアスランとの真の出会いが目的である。それはアスランとの関係がもはや超越的関係ではなく、人格的関係に移行したことを示している。憧れである以上その対象は超越的なものでなければならない。しかし、その対象との間に人格的な関係が成立した時点で、憧れはもはやその存在価値を失うのである。人格的関係への移行によって、アスランは登場人物自身にとって代替のきかない存在となる。ここにおいて真の出会いが実現するのである。この点に関しては次章で詳述するところである。

結局のところ、憧れは目標ではなく手段ということになる。「ルイスにとって重要なのは〈憧れ〉が喚起する心理状態ではなく〈憧れ〉の源泉そのものである[38]」といえよう。憧れは、究極的実在そのものではなく、「究極的実在の確かな徴[39]」なのである。しかし、あまりにも多くの貴重な体験と道備えを人間に与えてくれる徴であるといえよう。憧れという徴は、回心の「道標」としてこの変化を促す働きをするのである。人々が回心できる素地を作り、人々に回心への道を示すのが、憧れの役割である。登場人物たちは、憧れという情感をもつことによって、回心への道を曲がりなりにも少しずつ歩んでいくことができたのである。『ナルニア国年代記物語』は、憧れという「道標」に導かれながら、多様なパターンを呈する各登場人物たちの回心への道程を描いた作品であるといえよう。

第３章
アスランとの出会いの諸相（2）
―人格的存在としてのアスラン―

第１節　招きと応答による呼応関係

アスランとの出会いは、必ずアスラン側からの呼びかけによって実現している。どのような出会いの場面においても、アスランにまず呼びかけの行為がある。ルイスは、回心の物語がアスラン側からの招きをもって始まることを明確に描写しているのである。その際、呼びかけの行為として、言葉の発信、接近、凝視の三つがある。順に見ていこう。

言葉の発信による呼びかけは、次のように描かれている。

Come in, my daughter, come in,（*HHB* 154）

おはいり、わが子よ、おいでなさい。（［馬］214）（アラビス）

Come in, my son,（*HHB* 154）

おはいり、わが子よ。さあ（［馬］214）（ジル）

"Come here," said the Lion.（*SC*22）

「おいで。」（シャスタ）

Come here, son of Earth, come HERE！（*PC* 163）

こちらへおいで、大地の子よ、いざ、ここへ！（［カ］228）（トランプキン）

Draw near, you other two.（*MN* 162）

近くにおいで、そこのふたりよ。（［魔］224）

.....draw near. Nearer still, my son.（*HHB* 215）

ここへくるがよい。もっと近くによれ、わが子よ。（［馬］293）

ルイスは'come'や'draw near'という単純明快な呼びかけの言葉を用いて、ごく自然にアスランが呼びかけていることを表現している。日常生活の中で親が子に最も多用する単語のひとつを用いることによって、幼い読者の脳裏にもアスランが強く呼びかけたのだという事実が焼きつくのである。また、次のようにを用いて呼びかけている場面もある。

ルーシィは名前で呼びかけられる。眠っているときに".....with the feeling that the voice she liked best in the world had been calling her name."（*PC* 144）「この世でいちばんすきな人の声で名をよばれたような気がして」（［カ］203）と目覚める。その声は"Lucy,"（*PC* 144）「ルー

シィ」（［カ］203）と明確に相手の名前を呼ぶ声となる。その声を聞いたルーシィは起き上がって歩き始めたところでアスランと喜びの再会を果たすのである。

接近による呼びかけは、アスランによる積極的な動作として、次のように描かれている。

.....a huge lion coming slowly toward me.（*VDT* 113）

ぼくのほうへゆっくりやってくる大きなライオン（［朝］158）（ユースチス）

So it came nearer and nearer.（*VDT* 113）

そうしてそれは、だんだん近くにやってきた（［朝］158）（ユースチス）

Well, it came close up to me and looked straight into my eyes.（*VDT* 113）

いよいよぼくにせまってきて（［朝］158）

.....began approaching Bree from behind.（*HHB* 214）

うしろからブレーに近づいてきました。（［馬］292）

.....there came to meet me a great Lion.（*LB* 204）

わたしのほうにやってくる堂々としたライオンに出会ったのです。（［さ］274）（エーメス）

静止しているアスランに登場人物のほうが接近していくのではなく、アスランのほうが特定の相手を選んで自ら接近していく点が共通している。

凝視による呼びかけは、次のように描かれている。

Then he fixed his eyes upon Tirian,（*LB* 183）

ライオンは、目をチリアンにとめました。（［さ］246）

Well, it came close up to me and looked straight into my eyes.（*VDT* 113）

で、それはいよいよぼくにせまってきて、ぴたりとぼくの目を見つめた。（［朝］158）（ユースチス）

The great face of a lion, of The Lion, Aslan himself, staring into hers.（*VDT* 165）

一頭のライオン、あのライオン、アスランそのひとの偉大な顔が、じぶんをじっとながめていることに、（［朝］224）（ルーシィ）

He turned and looked at her with his happy eyes.（*PC* 158）

アスランはふりむいて、なごやかなやさしい目で、ルーシィを見つめ

ました。([カ] 222)

She knew at once that it had seen her, for its eyes looked straight into hers for a moment… (*SC* 19)

ジルは、ライオンがジルを見ていたことをすぐに知りました。それはその目が、その時まっすぐにジルを見つめていて、」([銀] 40)

The cat stared at him harder than ever. (*HHB* 92)

ネコは、ますます、じいっとシャスタを見つめました。([馬] 134)

.....and staring him out of countenance with its big, green, unwinking eyes, was the cat. (*HHB* 95)

まばたきもしない大きな緑色の目で、シャスタを穴のあくほど見つめているのは、ネコでした。([馬] 138)

これらは、次節で検討するような相互の凝視による対峙ではなく、アスランからの一方的な凝視である。登場人物がまだアスランと対話を開始する前に、アスランが呼びかける行為として、アスランのほうがじっと相手を見つめるのである。まさに凝視するという表現が適切な'look straight'、'stare' などの積極的な語句を用いて、見つめ合う光景が描かれている。そのことによって、この行為がアスランによる相手に対する強い呼びかけであること、すなわちアスランの能動性と主体性が強調されている。

さらに、呼びかけたのは自分のほうからであることについてアスラン自らが説明的に語る場面がある。この科白によって、両者の出会いはアスラン側からの招きによって始まったことが明らかになる。アスランはジルに対して次のように語りかける。

> "The task for which I called you and him here out of your own world." (*SC* 22)

> その仕事のために、わたしが、あんたとあの子を、あんたがたの世界から呼びよせたのだ。([銀] 44)

> "You would not have called to me unless I had been calling to you," (*SC* 23)

> わたしがあんたがたに呼びかけておったのでなかったなら、あんたがたがわたしに呼びかけることはなかっただろう。([銀] 45)

ジルは自分が何かの理由でナルニアにやってきたと考えていたが、この言葉によって、実はアスランのほうが自分を呼び寄せたのだということを知る。自分から呼びかけたつもりでも、アスランの側からの呼びかけであったというわけである。ルイスは、アスランとの出会いにおける真実を、アスラン自身の言葉として説明的に語らせることによって、読者によりいっそう説得性をもたせ理解を深化させることに成功している。ここでも、呼びかけの主体がアスランにあることが明確に示されているといえよう。

一方、アスランとの出会いは、アスラン側からの招きだけで成立するわけではない。招きは出発点にすぎない。登場人物側が応答するという主体的行為があってはじめてアスランとの出会いが成立するのである。アスランはどれだけ接近してきても登場人物の位置には到着しない。登場人物は静止していたのではアスランに出会えないのである。接近してきたアスランに必ず登場人物のほうからも歩み寄って応答することが必要なのである。したがって、アンドルーや小人のように、アスランからの呼びかけがあっても応答しない場合、出会いは成立しない。アスランからの呼びかけを真の出会いにするかしないかは、登場人物次第なのである。真の出会いを実現するためには、呼びかけの行為を招きとして明確に受けとめて応答するという登場人物側の主体的行為が要求されるのである。

前節で見た言葉の発信、接近、凝視というアスランからの呼びかけの行為に対して、登場人物のほうからアスランに接近していくという事実が、次のように描写されている。

.....he advanced to the Lion"（*LWW* 140）

ライオンの前へ進み出て、（［ラ］176）（ピーター）

Then Hwin, though shaking all over, gave a strange little neigh and trotted across to the Lion.（*HHB* 215）

そのときフインが、がたがたふるえながらも奇妙な声で小さくいないて、ライオンのところに駆けよりました。（［馬］293）

.....instead of bolting, he tottered toward Aslan.（*PC* 163）

逃げるかわりに、ライオンのほうへよろよろ進んだのです。（［カ］

228)（トランプキン）

.....he walked up to Aslan,（*LB* 227）

アスランのほうへのぼっていく（［さ］303）（トマドイ）

And he rushed to Aslan（*SC* 253）

するとそのひとは、アスランのところに走りよって、（［銀］348）

She rushed to him.（*PC* 148）

ルーシィはライオンのほうにかけよりました。（［カ］207）

.....she ran forward with a little cry of delight and with her arms stretched out.（*VDT* 169）

よろこびの叫びをあげ、両手をのばして、かけていきました。（［朝］230）

Tirian came near, trembling, and flung himself at Lion's feet,（*LB* 183）

チリアンは、ふるえながら、そのそばに近づき、ライオンの足に身を投げかけますと（［さ］246）

Then I fell at his feet and tought.（*LB* 204）

それからわたしは、ライオンの足もとにたおれました。（［さ］274）（エーメス）

これらの描写では、単に接近するというのではなくて、'advance' 'rush' など、よりいっそう積極的で躍動的な語句を用いて、本人の意志性や能動性が強調されている。アスランからの呼びかけに対して、登場人物が自ら接近していくという行為を通して、応答する姿が生き生きと描かれているのである。ルイスはこの点に関しても、アスラン自らに語らせている。シャスタ、ルーシィについてそれぞれ次のように描写されている。

One who has waited long for you to speak.（*HHB* 174）

あんたが話しかけるのを、ずっと待っていた者だ。（［馬］240）

I have been here all the time, "said he," but you have just made me visible.（*VDT* 169）

わたしはたえずここにいたのだよ。だがいま、あなたがわたしを見えるようにしたのだ。（［朝］230）

登場人物側の主体的な応答があってはじめてアスランとの出会いが成立することが明確に示されるのである。回心の基本的構造が示されているといえよう。さらに、この呼応関係はそこで終わるわけではない。その後展開されるアスランとの対話の中でも、招きと応答は継続されていく。登場人物たちのそれ以降の生の中で継続されていくのである。最初の招きと応答は、回心後のアスランとの関係を示す一種の予型であるといえよう。

第2節　アスランとの対話

前節で検討した人格的呼応関係は、対話という形式でよりいっそう深められる。アスランとの対話は、例外なく一対一の対話である。アスランの発した問いかけや命令は、その時の対話相手である特定の一人物に対して発信されたものであり、他者は一切無関係である。たとえその場面に複数の人物や動物が存在していても、アスランの対話相手はあくまで特定の一人である。順に一人ずつと対話をしていくのである。アスランは特定の一人に対して呼びかけ、呼びかけられた者は単独者として応答している。アスランとの出会いは、常に単独者としての一対一の出会いなのである。対話の場面において、ライオンは大文字で記されている。大文字のライオンは、ルイスが愛した中世に主流となった個人の内面世界重視の思想に基づく、一人ひとりにとっての唯一の神である[40]。もし対話相手が他者のことを持ち出すと、アスランは即座に自分が単独者としての相手と対話していることを強く指摘する。アスランはシャスタとアラビスに対して、それぞれ次のように語りかける。

> I am telling you your story, not hers. I tell no one any story but his own. (*HHB* 176)

> いまわたしが話していることは、あの子のことではなくてあんたのことだ。わたしは、そのひとにはそのひとだけの話しかしないのだ。([馬] 243)

> I am telling you your story, not hers. No one is told any story but their own. (*HHB* 216)

> わたしはあんたの話をしているのだ。あのむすめの話ではない。わたしはだれにでも、そのひと自身の話しかしないのだよ。（［馬］295）

この二つのアスランの言葉は、文型が同一でありながら主客を転倒した書き方で対照的に描かれている。アスランが呼びかけ対話するのは必ず特定の単独者である。大切なのは自分一人とアスランとの関係である。シャスタとアラビスに発せられたアスランの科白に、アスランとの出会いは個としての邂逅であることが強く表現されているといえよう。

さらに、アスランとの出会いが単独者としての出会いであることを明確に示す興味深い描写がある。フイン（Hwin）とブレーとアラビスが順にアスランとの対話を終えた後の情景である。

> Strange to say, they felt no inclination to talk to one another about him after he had gone. They all moved slowly away to different parts of the quiet grass and there and there paced to and fro, each alone, thinking. (*HHB* 217)

> お互いにアスランのことを話そうとしませんでした。みんなそれぞれ、静かな草むらの上を別々の方向にはなれて、ゆっくり歩きまわりながら、おもいおもいの考えにふけりました。（［馬］295）

アスランは順に三人と対話をしたが、あくまで各々一人ひとりに語りかけたのであって、それぞれ単独者としての応答であった。アスランとの出会いは、一人ひとり異なる代替のきかない唯一の実存的関係であり、各人の心中深くに収めるべき内面的な出会いなのである。この場面にあえて、このような情景描写を加えたところに、ルイスの思いが強く表れているといえよう。ルイスは“If there is a God, you are, in a sense, alone with him.”（*MC* 217）「もし神が存在するなら、あなたは、ある意味で、神と二人だけでいるのである。」（[精髄] 325）と述べている。アスランとの対話はあくまで一対一でなされるものなのである。

対話のパターンは、五感による身体的対話と、言葉による霊的な対話とに大別することができる。いわば肉体による対話と、魂による対話である。

まず身体的対話について検討してみよう。ルイスは“The body ought to pray as well as the soul. Body and soul are both the better for it. Bless the body.”（*LTM* 17）「肉体は魂と同じように祈るべきです。肉体と魂で二つながら祈るのであれば、なおさら良いのです。肉体に祝福あれ」（[対話] 30）と述べ、身体性を重視している。したがって、アスランとの対話の描写にも、視覚、触覚、臭覚、味覚、聴覚という五感による対話が多数盛り込まれている。五感の中では主として視覚と触覚が中心となる。当初はアスランの凝視に耐えられず拒否してしまう場面もあるが、やがてアスランと凝視し合う形で対話が始まる。

視覚による対話は相互の凝視が中心となる。次のような例があげられる。

The Lion looked straight into her eyes.（*PC* 149）

アスランは、ルーシィの目をまっすぐに見つめました。（[カ] 210）

.....looked straight into my eyes.（*VDT* 113）

ぴたりとぼくの目を見つめた（［朝］158）（シャスタ）

.....looking straight into its face.（*SC* 22）

その顔と真正面にむきあいました。（［銀］43）（ジル）

This time he found he could look straight into the Lion's eyes.（*MN* 197）

こんどは、ディゴリーはライオンの目をまっすぐに見ることができました。（［魔］271）

.....his patient eyes fixed upon her.（*PC* 152）

アスランのじっと待っていた目とぴたり目があいました。（［カ］215）

He was face to face with Aslan.（*MN* 197）

アスランとむかいあった時、（ディゴリー）

He lifted his face and their eyes met.（*HHB* 178）

シャスタが顔をあげると、目と目があいました。（［馬］245）

アスランの凝視による呼びかけの場合と同様に、ここでも'look straight'が多用され、直視することが強調されている。また、'fix one's eye'や'face to face'などを用いることによって、互いに面と向き合う様相、まさに対峙が印象づけられる。

触覚による対話は身体に触れる行為が中心となり、キスをする、舌でなめるなどの行為として、次のような例があげられる。

.....and gave him a Lion's kiss.（*MN* 169）

ディゴリーにライオンのキスをしてくれました。（［魔］235）

.....planting a lion's kiss on her twitching, velvet nose,（*HHB* 215）

フインのひきつったビロードのような鼻づらにキスをしました。（［馬］293）

.....and he gave Aslan the strong kisses of a King, and Aslan gave him the wild kisses of a Lion.（*SC* 253）

そのひとはアスランに、王者の力強いキスをし、アスランは、このひとにライオンのはげしいキスをあたえました。（［銀］348）（とある少年）

.....the Lion kissed him（*LB* 183）

ライオンはチリアンにキスして（［さ］246）

Caspian knelt and kissed the Lion's paw.（*PC* 220）

カスピアンは、ひざまずいて、ライオンの足さきにキスしました。（［カ］302）

.....and he let her kiss him（*MN* 169）

ルーシィにキスをさせ、（［朝］230）

Its mane, and some strange and solemn perfume that hung about the mane, was all round him. It touched his forehead with its tongue.（*HHB* 177）

たてがみが、ふしぎな気高いかおりをまわりにふりまきながら、シャスタの顔をつつみました。そしてその舌でシャスタのひたいにふれました。（［馬］245）

.....and touched their pale faces with his tongue,（*SC* 250）

ふたりの青ざめた顔をその舌でなめて（［銀］344）（ジル、ユースチス）

But the Glorious One bent down his golden head and touched my forehead with his tongue（*LB* 205）

ところが、このきらめくほどすばらしい方は、その黄金色の頭をさげて、わたしのひたいをその舌でなめ、（［さ］274）（エーメス）

He bent forward and just touched her nose with his tongue.（*PC* 148）

ライオンは首をのばして、舌でルーシィの鼻にふれました。（［カ］209）

Aslan stooped his golden head and licked her forehead.（*LLB* 178）

アスランは、その金色の頭をさげて、スーザンのひたいをなめました。（［ラ］224）

これらのように、アスランが相手に触れるか、もしくは触れさせることによって自らの実在を確信させるわけである。舌の場合は触覚というより味覚といえるかもしれない。さらに、アスランの身体性を象徴的に表現するものに、たてがみと足の裏がある。

.....and the feel of Aslan's mane and a Lion's kiss on their foreheads.....（*VDT* 270）

アスランのたてがみがさわり、ライオンの口づけをひたいにうけたと思う…。（［朝］358）

.....laying his velvety paw ever so lightly on Reepicheep's head. (*PC* 235)

リーピチープの頭の上に、そのやわらかい足の裏をそっとのせました。([カ] 322)

And the next thing she knew was that she was kissing him and putting her arms as far round his neck as she could and burying her face in the beautiful rich silkness of his mane. (*PC* 148)

ルーシィは、ライオンにキスをして、できるだけしっかりとふかくその首に腕をまわし、美しくゆたかなつやつやしたたてがみに、じぶんの顔をうずめておりました。([カ] 207)

Lucy buried her head in his mane to hide from his face. (*PC* 150)

ルーシィは、たてがみに顔をうずめて、アスランの顔からかくれていました。([カ] 212)

.....and bury herself in his shining mane. (*MN* 169)

かがやくたてがみのなかに、ルーシィの顔をうめさせてくれました。([朝] 230)

ふさふさとしているたてがみは誰をも包み込むアスランの包容性を、ビロードに喩えられる柔らかい足の裏はアスランの優しさを象徴しているといえよう。恐ろしいはずのアスランは、相手を受けとめる包容力と優しさとを兼ね備えているのである。

臭覚については、唯一、"Touch me. Smell me."（*HHB* 215）「わたしにさわってごらん。においをかいでごらん。」（［馬］294）（ブレー）という面白い表現がある[41]。

次に、言葉による霊的対話についてである。言葉による対話は、アスランとの対話の中で最も重要な位置を占める。アスランとの出会いの核心を構成するといえよう。アスランと出会った登場人物は、言葉による対話により罪の自覚の契機を得て自ら告白するからである。言葉による対話は、ここで例を挙げるまでもなく、これまでに引用してきたアスランの言葉や、主として次章で引用する罪性の自覚と告白に関する対話がすべてこれに該当する。したがって、本節では特に事例として引用することを避ける。

以上見てきたように、登場人物たちは身体あるいは言葉を用いてアスランと一対一の対話を実現し、アスランとの人格的関係をゆるぎないものにするのである。

第3節　回心の起点としての人格的関係の成立

アスランからの招きの特質が象徴的に描写されている一場面がある。馬車屋が妻と共にナルニアに住みたい意向を表明して、アスランが馬車屋の妻へ呼びかけるうなり声を発した場面である。アスランの呼びかけについて、次のように描写されている。

She felt sure that it was a call, and that anyone who heard that call would want to obey it and (what's more) would be able to obey it, however many worlds and ages lay between. (*MN* 163)

そしてポリーはかたく信じましたが、それは呼び声であって、それをきいた者はだれでもそれにしたがいたいと思いますし、(その上) どれほど多くの世界、多くの時間でへだてられていようと、それにしたがっていける強い呼びかけなのでした。([魔] 226)

アスランはナルニアからこの世界にいる馬車屋の妻を直接呼び込んだのである。この描写によって、アスランには時空を超えた呼びかけが可能であることが示される。今存在する場所や時刻など、招きを受ける側の状況とは一切無関係にアスランは人を招くことができるのである。ここにアスランの招きの本質が象徴的に語られている。アスランは常に人々とともにある存在であり、いついかなるときでも人を招くことができるし、人々の呼びかけに対しても応答することができることが示されたといえよう。アスランの時空を超えた臨在が示されているのである。また、'call' と 'obey' を対語として繰り返すことによって、招きと応答の構造が明確に示されている。アスランの時空を超えた臨在性を、超越者としての側面も見せながら、人格的に描くルイスの筆致は絶妙といえよう。

ルイスは、アスランとの出会いの場面において、アスラン側からの招きと登場人物側の自由意志による主体的応答についての明確な描写によって、超越者との人格的呼応関係の構造を、たいへんわかりやすく示した。ルイスはこの点について、次のように述べている。

The door in God that opens is the door he knocks at. (At least, I think so, usually.) The person in Him — He is more than a person — meets those who can welcome or at least face it. He speaks as "I" when we truly call Him "Thou." (How good Buber is!) (*LTM* 21)

神の内にあって開かれる扉は、その人がたたく扉です。(少なくとも、わたしはそう考えています。) 神は人格以上の存在でありますが — 神の内にある人格は、それを喜んで受け入れられる人々、あるいは少なくともそれに面と向かうことのできる人々と出会うのです。わたしたちが、本当に、神を「なんじ」と呼ぶ時、神は「われ」として語り出すのです。(ブーバーの説は実に真正であります!) ([対話] 36)

この記述には、超越者と人間との関係は超越的かつ人格的であること、人格的関係に基づく対峙の必要性、招きに対する主体的応答の要求、招きと応答という構造の内容が実に過不足なく的確に示されている。人間に求められ、かつ人間に可能な唯一の行為が、応答という行為である。ルイスは『痛みの問題』(*The Problem of Pain*, 1940) において、"Our highest activity must be response, not initiative." (*PP* 44)「わたしたちの最高の行動は応答であって、主唱ではありません。」([痛み] 59) と述べている。ルイスは応答という行為の唯一性と自由意志性を強調しているわけである。応答という行為は招きに対するものであるから受動的であるが、それは強制的に求められるものではない。自由意志によるものであり、主体的に選択されるものであるから、能動的行為なのである。呼びかけられるという当初受動的であったものが、応答するという能動的な行為に変わるのである。ルイスはこの点について、次のように述べている。

The passive changes to the active. Instead of merely being

known, we show, we tell, we offer ourselves to view.（*LTM* 21）

受動的な姿勢が能動的なそれに変わるのです。単に神に知られているというのではなく、知られていることを態度に表わし、言葉に表わすのです。わたしたち自身を、神にはっきりと見えるようにするのです。（［対話］36）

招きと応答という関係の中では、受動性が能動性に変化する。ブーバー（Martin Buber, 1878–1965）は『我と汝』（*Ich Und Du*, 1923）において、「〈なんじ〉がわたしと出合いをとげる。しかしわたしが〈なんじ〉と直接の関係にはいってゆく。このように、関係とは選ばれることであり、選ぶことなのである。能動と受動とは一つになる[42]。」と述べている。ブーバーはこのような関係構造をさらに深めて、能動受動の関係は逆転するとともに、一体化して双方向になることを示している。出会いのきっかけを最初につくるのは「汝」であるが、それに応答するのは「我」である。しかし、次には「我」が呼びかけ、「汝」が応答する。アスランは、登場人物の中から呼びかける相手を選び、選んだ相手に呼びかける。今度は選ばれて呼びかけられた相手のほうがアスランを選び呼びかける。能動と受動は一体化するのである。しかも、応答するかしないかは登場人物の自由意志に任されている。自由意志による応答によってアスランとの対話が始まるのである。これこそが人格的呼応関係であり、対話によってアスランとの人格的関係が成立するといえよう。

人格的呼応関係の成立は、アスランとの出会いという『ナルニア国年代記物語』の中心主題にとってたいへん重要な命題である。アスランとの人格的関係が確立されることによって、アスランとの真の対話が生まれ、回心が始まるのである。その対話によって、罪性の自覚と告白へと回心の道程を進んでいく。そこから回心への道のりが開始されるのである。憧れが回心への「道標」であるとすれば、アスランとの人格的関係の成立は回心の「起点」ということができよう。

第4章
自己との出会いの諸相（1）
― 卑小なる自己との出会い ―

第1節　罪の種類と内容

前章で見たように、登場人物たちのほとんどはアスランとの出会いを果たす。その出会いは超越的関係から人格的関係に移行し、アスランとの対話が実現する。その結果生じるものが自己との出会いである。第一には卑小なる自己、すなわち現実的自己との出会いであり、第二には偉大なる自己、すなわち理想的自己との出会いである。これらは第2章で述べたアスランとの出会いにおいて生じた畏怖と歓喜の情感にもそれぞれ対応している。ジェイムズはこの点について、次のように指摘している。

> To begin with, there are two things in the mind of the candidate for conversion: first, the present incompleteness or wrongness, the 'sin' which he is eager to escape from; and, second, the positive ideal which he longs to compass[43].

回心しかかっている人の心のなかには二つのものがある。第一は、現在の状態が不完全であり、間違っているという考え、逃れようと熱望される「罪」の意識であり、そして第二は、到達したいとあこがれられる積極的な理想である[44]。

このように、相矛盾する二面的な自己との出会いが回心の過程を構成するのである。対照的な二つの自己は、神の似姿と土の塵という人間の対照的な創造の起源にも対応する。これは創世記冒頭において示される創造物語に依拠する。神による第一の創造において「神は御自分にかたどって人を創造された。神にかたどって創造された」（創世記第1章第27節）とあるのは、人間の偉大なる部分についてである。第二の創造において「主なる神は、土（アダム）の塵で人（アダム）を形づくり、その鼻に命の息を吹き入れられた」（創世記第2章第7節）とあるのは、人間の卑小なる部分についてである。回心は、このように創造されて以来自己の中に有する人間の二面性への気づきを前提とする。本章では後者について、次章では前者について検討することとする。

『ナルニア国年代記物語』においては、自然人型を除くすべての登場人物が罪を犯す。ルイスは、多数の登場人物を利用して多様な罪の種類と内容を描いている。罪の種類については、キリスト教会の歴史の中で、聖書における記述に始まり、古代キリスト教会以降様々に解釈され分類されてきたが[45]、やがて集約されて有名な「七つの大罪」となる。ルイスは、「七つの大罪」をかなり意識していたと考えられるが、その中でも高慢を最も大きな罪と考えていた。ルイスにとっては、高慢こそが他のすべての罪に分岐していく根源であったから、この作品における登場人物の罪も、たとえ様々な異なる外面的様相として現れていても、最終的には高慢というひとつの罪に帰着しているといえよう。

本節では、『ナルニア年代記物語』で示された罪の特徴について三点挙げて検討する。

第一に、ルイスがこの作品でとりあげた罪は内面的なものが多い点である。古来キリスト教会は内面的な罪を重視してきた。イエス自身において挙げられた罪には、不品行、殺人、盗み、姦淫など、まだ外面的なものが多い[46)]。しかし、パウロ以降人間の内面的で精神的な内容を重視する罪理解に変化していく[47)]。古代教会から中世に至る過程で、罪の内面的理解の傾向はますます強くなっていったのである。そうした歴史的経緯の中で、キリスト教会内の最も一般的な罪理解として定着した「七つの大罪」は、高慢、憤怒、嫉妬、怠慢、貪欲、貪食、邪淫である。いずれも人間の心の中に生じる内面的な罪である。ところがルイスによれば、時代の風潮はこれら内面的な罪を軽視し社会的な罪を重視する傾向が強まりつつあったという。このような風潮に対して、ルイスは人間のつながりに関することよりも人間の中のことを考えるべきと主張している。"Fair play and harmony between individuals"（*MC* 72）「個人間のフェアプレーと調和」（[精髄] 123）についてはよく考えられているが、"…..what might be called tidying up or harmonising the things inside each individual"（*MC* 72）「各個人の内部が、いわば、きちんと整理されて調和を保っていること」（[精髄] 123）についてはいつも忘れられているという。道徳は通常前者のことから考え始めるが、重要なのは後者すなわち人間の内面的なことであるとルイスは主張しているのである。ルイスは、社会における人間相互のことについては十分に検討されているが、個人の内面については軽視されていると考えていた。ルイスはこの風潮に対して、次のように警鐘を鳴らしている。

> Beware lest you are making use of the idea of corporate guilt to distract your attention from those humdrum, old-fashioned guilts of your own（*PP* 54）

社会悪という観念を、あなた自身のうちに巣食う、昔ながらの、月並な罪から注意をそらすために用いないように注意することです。([痛み] 72)

For most of us, as we now are, this conception is a mere excuse for evading the realissue. When we have really learned to know our individual corruption, then indeed we can go on to think of the corporate guilt and can hardly think of it too much. But we must learn to walk before we run. (*PP* 54)

わたしたちの多くにとっては、社会悪という概念は、真の問題を避ける単なる口実です。わたしたち自身のどうしようもない腐敗を身にしみて知ったとき、そのときこそ、わたしたちは一歩進んで社会悪について考えることができるのですし、そのときこそ、いくら考えても考え過ぎるということはなくなるのです。わたしたちは走るまえに、まず歩くことを学ばなければなりません。([痛み] 73)

ルイスはここで一般的な罪理解が、個人の内面的な罪よりは、社会的な罪に傾きすぎている現実を批判している。社会的な罪に注目するばかりに、自らの内面的な罪に向き合うことを軽視し、それが自己の内面的な罪の隠れ蓑にされているというのである。その結果、『ナルニア国年代記物語』においてとりあげられている罪の内容は、ほとんどが内面的な罪であり、'the corporate guilt' (*PP* 54)「社会的な罪」([痛み] 72) はとりあげられていない。その内面的な罪の代表格が高慢であり、ルイスはこの作品において高慢について実に多様な描写を展開しているといえよう。

第二に、原罪が強く意識されている点である。ルイスは、今述べたように、一般的な罪理解が内面的なものより社会的なものに偏っていることに呼応して、近年の神学における堕罪の教理も同様の傾向にあることを指摘する。近年の神学は、人類最初の罪を 'a social sin'「社会的罪」としているというのである。ルイスの考える本来の教理によれば、最初の罪は 'a sin against God' (*PP* 69)「神に対する罪」([痛み] 92) であり、'a sin against an act of disobedience' (*PP* 69)「不服従の罪」([痛み] 92) であって 'a sin against the neighbour' (*PP* 69)「隣人に対する罪」([痛み] 92) ではない。ルイスは最初の罪について次のように述べている。

> .....we must look for the great sin on a deeper and more timeless level than that of social morality. (*PP* 69)

> 最初の大罪を、社会道徳とは違う、より深い、かつ時を超越した次元に求めなければならない。([痛み] 92)

この最初の大罪こそ、ルイスがこの作品の全編通して描こうとした高慢の罪であり、人類最初の罪であるゆえに万人がもち得る罪である。この点について、ルイスは『失楽園研究序説』(*A Preface to Paradise Lost*, 1942) において、次のように述べている。

> But while the Fall consisted in Disobedience it resulted, like Satan's, from Pride. Hence Satan approaches Eve through her Pride. (*PPL* 69)

> 堕罪は不服従にある一方で、サタンのそれと同様、高慢の結果である。

ルイスはここで明確に、堕罪は高慢から生じたものとしているのである。さらにルイスは、同書で “Eve fell through Pride.”（*PPL* 124）「エバは高慢によって堕落した」と端的に述べている。ルイスは明らかに堕罪の教理すなわち人間の根源的な罪としての原罪は高慢に起因するものと考えているのである。こうした理由から、『ナルニア国年代記物語』全編の基底に原罪の概念が流れているといっても過言ではない。このような構造は、古今の西欧の文学作品に共通するともいえるが、とりわけルイスが研究対象としたイギリス中世ルネサンス文学において顕著である。ルイスはこの作品において、しばしば子どもたちに ‘Son of Adam’「アダムのむすこ」‘Daughter of Eve’「イヴのむすめ」という呼称を用いている。これは個々の人間すべてが原罪を背負う者であるという認識を表現しているといえよう。堕罪の教理を知る読者に対して常にその意味を匂わせる役割を果たしている。ルイスは原罪としての高慢の罪について、次のように述べている。

> .....of the movement whereby a creature（that is, an essentially dependent being whose principle of existence lies not in itself but in another）tries to set up on its own, to exist for itself. Such a sin requires no complex social conditions, no extended experience, no great intellectual development. From the moment a creature becomes aware of God as God and of itself as self, the terrible alternative of choosing God or self for the centre is opened to it. This sin is committed daily by young children and ignorant peasants as well as by sophisticated persons, by solitaries no less than by those who live in society: it is the fall in every individual life, and in each day of each individual life, the

basic sin behind all particular sins:（*PP* 69）

誇りとは、被造物（本質的に他者に依存し、その存在の原則をそれ自体のうちにではなく、他者のうちにもつもの）をそそのかして自分の力で立ち、自分自身のために存在しようとさせるものです。そうした罪には、複雑な社会的条件も、幅広い経験も、発達した知性も必要ではありません。被造物が神を神として意識し、それ自身を自己として意識した瞬間から、彼は神と自己とどっちを中心とするかという、ゆゆしい二者択一を迫られるのです。この罪は毎日、世智にたけた大人同様、子どもによっても、また無知な農民によっても犯されます。忙しい社会生活を送っている人も、隠者も、この罪を逃れることはできません。それはすべての人の生活の中にある、個々人の日常のうちにある堕落、また個々の罪の背後にある、根本的罪なのです。（[痛み] 92）

さらに、ルイスは‘Pride or Self-Conceit’（*MC* 121）「傲慢あるいはうぬぼれ」（[精髄] 192）を最大の罪とし、‘one vice of which no man in the world is free’（*MC* 121）「世界中の人間がだれ一人としてまぬがれることのできない一つの悪徳」（[精髄] 191）としている。原罪としての高慢は、因果応報的な意味ではなく、人類最初の罪すなわち人間の根源的な罪という意味で、誰しも免れ得ないのである。したがって『ナルニア国年代記物語』における登場人物たちの罪も帰するところ高慢として描かれている。この作品では常に素直で純粋なルーシィですら高慢の罪に陥る場面を描写していることからも、ルイスの強い意図がうかがえよう。

第三に、致命的な重罪はとりあげられていない点である。ルイスはこの作品において、克服することのできない重罪はとりあげなかった。登場人物に極悪人を設定しなかったからである。これは、人間の犯す罪には取り返しのつかないものはきわめて少なく、克服できる範囲内の罪がほとんどであるという、ルイスの罪理解に基づくものであると考えられる。換言すれば、誰もが犯し得る罪の根源としての高慢の罪は、個別的にみれば微罪であるということである。ルイスが描こうとしたのは、良き地に蒔かれた種がいかに成長して良き花を咲かせるかということである。万人が良き花を咲かせる可能性をもっているとともに、万人が高慢という罪に陥る可能性をもっており、犯せば必ずそれを克服しなければならないと語っているのである。厳しく戒められるのは、高慢の罪を犯すこと自体ではなく、自らの高慢の罪を自覚することなくそれを積み重ねる場合である。

ルイスは、神との関係において、善悪いずれの小さな行為もたいへん重要であることについて、次のように述べている。

> .....every time you make a choice you are turning the centralpart of you, the part of you that chooses, into something a little different from what it was before.（*MC* 92）

> 一つの選択を行うたびごとに、自己の中心部分 — 選択の主体である部分 — をそれ以前と少し違ったものに変えているのだ（[精髄] 150）

人間は日常生活を送っていく中で、日々自ら選択した行為によって生きている。ルイスは、行為の善悪や大小にかかわらず、その行為の一つひとつが一人の生の結果に重要な影響を及ぼすとしている。“the mark which the action leaves on that tiny central self”（*MC* 93）「行為が自己のあの小さな中心部に残す刻印」（[精髄] 151）がたいへん重要なのである。ルイスはこの点について、さらに次のように述べている。

> And taking your life long as a whole, with your all innumerable choices, all your life long you are slowly turning this central thing either into a heavenly creature or into a hellish creature (*MC* 92)

> 無数の選択の積み重ねである彼の全生涯を考えてみると、彼は一生かかってその中心部分を天国的なものに、あるいは地獄的なものに、少しずつ変えているのだ。([精髄] 150)

善にしても悪にしても、日々の行為はすべて蓄積するのである。もしその行為が悪に属する、すなわち罪である場合、その積み重ねは地獄への道をより先へと進める。ルイスは一回の罪の外面的な現れ方を重視していない。ルイスは、高慢という罪が万人の犯し得る微罪ではあるが、そのゆえにその蓄積は地獄への道筋をつくる大罪につながると考えているのである。

以上の三点が、ルイスが『ナルニア国年代記物語』の登場人物において描いた罪に共通する内容的な特徴である。

第2節　罪性の自覚と告白

『ナルニア国年代記物語』においては、回心者の描写を通して様々な内容の罪について、その自覚と告白が語られている。本節では、回心者たちがどのような罪をどのように自覚して、どのように告白したかという点について、「七つの大罪」に分類して順に検討する。

第一の罪「高慢」は、ユースチス、エドマンド、ブレー、ジル、ルーシィ、アラビスに顕著に現れる。

ユースチスには、自分にとって都合の悪いことはすべて他者のせいにしてしまう性癖があった。アラブ島の人買い船の船底で、ユースチスは“Eustace talking as if everyone except himself was to blame.”（*VDT* 47)「こうなったのも、じぶん以外のみんなのせいであるかのようにしゃべる」（[朝] 75）と描かれている。また、ドーン島では、自分の意志で単独行動を実行したにもかかわらず、“Perhaps they had let him wander away on purpose simply in order to leave him behind!”（*VDT* 84)「きっと、じぶんをおきざりにするために、わざとじぶんをふらふら山のほうへいかせたのだ！」([朝] 121）と考えた。いずれも、自己中心的で被害妄想的である。ユースチスは日記に“.....it's good thing I'm not seasick.”（*VDT* 31)「ぼくが船よいにかからないのはさいわい」（[朝] 53）と書いている。そこには、ルーシィが彼のことを思いやって持ってきてくれた薬のおかげで船酔いにかからなかったという事実が完全に忘却されている。さらには、食事を分け与えてくれたルーシィの思いやりに対して、“Lucy for some reason tried to make up to me by offering me some of hers”（*VDT* 76)「ルーシィはじぶんの分をぼくにわけて、きげんをとろうとした」（[朝] 112）と、卑屈な受容しかできない。ユースチスにとって、ルーシィの思いやりなど無関係なのである。ユースチスの自己中心的性格が、ルーシィの思いやりを認識させなかったわけである。こうした思考回路の根底には、自分はすべて正しく他人はすべて間違っているという硬直的な思考があった。極度の自己過信と他者排除である。ユースチスの高慢は彼自身の科白として、次のように表現されている。

> I know that because I kept a careful count, though the others all say it was only twelve. *Pleasant* to be embarked on a dangerous voyage with people who can't even count right!（*VDT* 74)

ほかの者たちはみな、わずか12日間だというが、ぼくはきちんと数えていたから、ぼくのほうがたしかだ。数もちゃんと数えられない者たちといっしょに、危険な船旅をするとは、なんたるゆかいなことか。([朝] 109)

ユースチスは、このように常に他人のことを気にして、他人と自分を比較する。高慢は他者と自分との比較によって生じる。ユースチスは人のことが気になる性質を強くもち、常に自分と他者とを比較せずにはいられないタイプであった。比較の結果、自らの優位性を確認することで満足するのである。たとえば、彼は朝びらき丸で日記をつけるが、それは試験の点数を記録するためであった。これは高慢の最たる特徴である。ルイスは高慢について、"…..it is the comparison that makes you proud: the pleasure of being above the rest." (*MC* 122)「人がプライドを感ずるのは、自分を他者と比較することによってである。つまり、自分が他の者たちよりも上にいるという喜びなのである。」([精髄] 193) と述べている。ユースチスはさらに朝びらき丸の中で、次々と高慢な科白を発する。

Heaven knows I'm the last person to try to get any unfair advantage… (*VDT* 76)

神もごらんあれ、ぼくは、不正なひとりじめをするような人間ではだんじてない。([朝] 112)

I always try to consider others whether they are nice to me or not. (*VDT* 77)

ひとがぼくにしてくれようとくれまいと、ぼくはいつでも、ひとのことを考えるようにしている。([朝] 112)

ユースチスは自分が他者を思いやることのできる優しい慈悲深い人間と思い込んでいたのである。高慢を露わにしていたユースチスは、カスピアン一行から自分ひとり離れてしまい、挙句の果てには竜に変身させれられてしまう。ユースチスの竜への変身は「人間であった時からわがままで、他の子供たちから自己を疎外していた彼の内面が、外面化した[48]」という意味をもつ。ユースチスにとって竜の姿は、はじめて見る自画像であった。竜への変身によってユースチスは、ようやく自分の本質というものを発見し、自分がいかに罪深い人間であったかを自覚するのである。ユースチスはついに次のような境地に至る。

An appalling loneliness came over him. He began to see that the others had not really been friends at all. He began to wonder if he himself had been such a nice person as he had always supposed. (*VDT* 98)

ぞっと身にしみるさびしさが、おそってきました。ユースチスはようやく、ほかの人たちがけっして鬼でなかったことが、わかりかけてきました。そしてじぶんが、いつもそう思いこんでいたようなりっぱな人物だったろうかと、あやしみだしてきました。([朝] 138)

And poor Eustace realized more and more that since the first day he came on board he had been an unmitigated nuisance and that he was now a greater nuisance still. And this ate into his mind, just as that bracelet ate into his foreleg.（*VDT* 110）

そしてかわいそうなユースチスへは、そもそも船に乗った第一日からじぶんが、まぎれもない厄介者だったこと、いまはそれよりもひどい厄介者になっていることを、ますますはっきりとさとりました。そしてそのことは、あたかも腕輪が前足にくいこんだように、心にくいいりました。（［朝］154）

高慢のゆえに自己を過大評価し、他者との比較によって自分の優位性を確認してきたユースチスは、自らの竜への変身によって、これまで自分が周辺人物たちにどう思われてきたのか、自分はどう位置づけられてきたのかを正しく理解した。ここでユースチスは初めて自分の自己理解や他者理解がまったくの誤りであったことを認識したのである。そのようなユースチスの心の変化は、次のように描かれている。

But the moment he thought this he realized that he didn't want to go. He wanted to be friends. He wanted to get back among humans and talk and laugh and share things.（*VDT* 98）

でもユースチスがこう考えたとたん、かれらをやっつけたくないことがわかりました。友だちでいてもらいたかったのです。人間たちのあいだに帰って、しゃべったり笑ったり、何でもいっしょにしたかったのです。（［朝］138）

The pleasure（quite new to him）of being liked and, still more, of liking other people, was what kept Eustace from despair.（*VDT*

108)

人にすかれるという楽しさ、それ以上にまたほかの人を好きになるという楽しさが、ユースチスが世をはかなむ気もちを救ったのです（楽しさというものは、ユースチスにとってまったく新しい経験でした)。（［朝］151）

こうしてユースチスは自らの高慢をようやく認識することができ、自己変革へのきっかけをつかむことができたのである。

エドマンドは、ルーシィの次にナルニア国に入るが、すぐに魔女ジェイディスに迎合し、なびいてしまう。エドマンドの罪は簡潔に次のように述べられている。

He did want Turkish Delight and to be a Prince (and later a King) and to pay Peter out for calling him a beast. (*LWW* 96)

エドマンドは、ただプリンがほしくて、王子に（それから王さまに）なりたくて、ピーターがじぶんをけだものといったしかえしがしたかったのでした。（［ラ］126）

この一文で簡潔に表現されているエドマンドの罪は、快楽への欲求、権力欲、復讐心の三点である。前二者は貪欲、貪食の項で検討する。ここでは高慢に起因する復讐心について検討する。ナルニアに足を踏み入れたことを偽り、ルーシィを欺いたことについてピーターに叱責されたエドマンドは、次のようにつぶやいた。

> I'll pay you all out for this, you pack of stuck-up, self-satisfied prigs.（*LWW* 62）

> いいか、このしかえしはたっぷりしてやるぞ。なまいき！　じぶんだけえらいと思ってるお説教屋め。（［ラ］83）

エドマンドは憤怒の念を露わにし、復讐心を抱いたわけである。エドマンドは当分この復讐心を捨てきれない。ルイスは、復讐心それ自体は悪であるが、それを起こそうとする根源的なものは善であるとしている。ルイスは、復讐心とは'desire by doing hurt to another to make him condemn some fact of his own.'（*PP* 92）「他人に害を与えることによってかれ自らについての事実を告発しようという欲求」（『痛み』119）というホッブスによる定義に賛同している。さらにルイスは"Revenge loses sight of the end in the means, but its end is not wholly bad."（*PP* 92）「復讐はその手段においてこの目的を見失っていますが、目的そのものは全面的に悪いとは言えません」（『痛み』120）とも述べている。悪口をいいかけたピーターに対してその事実を認識させるという限りにおいて、エドマンドの復讐心は正しかった。しかし、エドマンドは本来の目的を見失って手段だけを実行して兄弟を裏切ったのである。ピーターは自らの犯した罪を十分熟知していたから、その時点でエドマンドの復讐心を引き起こした問題はすでに解決されていたのである。復讐心はその目的自体は正当であっても、目的が忘れられて手段だけが実行されたときに問題が起こることがここで描かれているといえよう。

エドマンドは、リスやフォーンたちが楽しくクリスマスの祝いをしているところを魔女がぶちこわす場面で、"Oh, don't, don't, please don't,"（*LWW* 127）「おお、やめてください、やめてください、お願いです」

（［ラ］162）と叫ぶ。それはエドマンドにとって心の奥底からはじめて発する他者を思いやる心であった。"And Edmund for the first time in this story felt sorry for someone besides himself."（*LLW* 128）「このお話の中で、エドマンドははじめて、じぶん以外のものをかわいそうだと思った」（［ラ］162）のであった。これまで自分が卑下され不利益になることだけにしか怒りをもたなかったエドマンドが、はじめて他者が不利益をこうむるのを見て、怒りをもったのである。エドマンドが他者の痛みに共感し、周辺に春が訪れたことをつぶさに感じ取り、アスランの応援により助けられたときには、もうすでにアスランとの真の出会いが始まっていた。そして、アスランと二人だけの会話をすることによって、エドマンドは真にアスランと出会うことができたのである。そのときから、エドマンドは自分中心からアスラン中心の生き方に自己を変革した。その日までのエドマンドは死に、新しいエドマンドの生がスタートしたのである。それはただひたすらアスランだけを見つめて生きる生であった。この一連の描写で示されたのは、アスランとの出会いによる人間エドマンドの衝撃的な回心である。

ブレーは誇り高き軍馬であったが高慢の罪を犯す。ブレーの誇りは、日常の言動の中に現れてしまうほど高慢になりがちであった。ところが、ブレーはライオンに追いかけられた時に、自分だけ先に逃げるという大失態を演じてしまった。勇敢に立ち向かったシャスタに比べて、自分は逃げたことを悔い、自分の愚かさを次のように吐露する。

> Slavery is all I'm fit for. How can I ever show my face among the free Horses of Narnia? —I who left a mare and a girl and a boy to be eaten by lions while I galloped all I could to save my own wretched skin !（*HB* 160）

> わたしにはどれいがいちばん似あうんです。ナルニアの自由な馬たちに、どうして この顔が見せられましょう？ フインとあなたとシャスタとがライオンにくわれようとしているのに、とるにたらないわが身を助けようとして、みんなをおいて、大急ぎで逃げたこのわたしですよ。（[馬] 223）

誇りは一転して羞恥、自信喪失、自己卑下という形で示される。しかし、自己の罪性を明確に自覚していたブレーに対して、アスランは "My good Horse, you've lost nothing but your self-conceit."（*HB* 161）「そなたはいい馬じゃ。そなたが失ったのは、うぬぼれだけじゃ。」（[馬] 224）と語りかける。ブレーに自信をもたせ、高慢ではなく真の誇りを回復させようとするのである。ブレーの罪は 'Pride'「傲慢」であり、'Self-conceit'「うぬぼれ」であった。しかし、アスランとの出会いがもたらした正しい自己理解がブレーを救い、高慢から解放したのである。アスランとの出会いがブレーを真に誇りある馬にしたといえよう。

ジルには、高慢の一種である虚栄心が現れる。ユースチスは、ナルニアに入ってすぐ崖っぷちに立たされた時、ジルが落ちそうになって危ないと感じて、ジルの体を引き戻した。ジルのほうは、そんなことは怖くない強い自分を見せようと、".....just as if I was a kid,"（*SC* 14）「まさか、赤んぼじゃあるまいし。」（[銀] 32）と怖がらない素振りを見せる。さらにジルは次のような行動に出る。

> "What's the matter?" she said. And to show that she was not afraid, she stood very near the edge indeed;（*SC* 14）

> 「いったい、どうしたのよ。」ジルはこういって、こわがっていないと

ころを見せようとして、崖のすぐ近くによりました。([銀] 32)

ジルの言動は明らかに虚栄心に起因する。その後、ジルはアスランと出会い、二人の間には次のような問答がかわされる。

> "Human Child," said the Lion. "Where is the boy ? " "He fell over the cliff," said Jill,and added, "Sir." She didn't know what else to call him, and it sounded cheek to call him nothing. "How did he come to do that, Humsn Child ?" "He was trying to stop me from falling, Sir." "Why were you so near the edge, Human Child ?" "I was showing off, Sir." (*SC* 22)

> 「人間の子よ。」とライオンがいいました。「男の子は、どこだ？」「崖から落ちました。」とジルはいって、「ライオンさま。」とつけ加えました。ジルは、このライオンをなんと呼びかけてよいかわかりませんが、なんにも呼びかけなければ、失礼にきこえるからでした。「あの子は、どうしてそうなったのか？ 人間の子よ。」「わたしが落ちるのを、とめようとしたのでございます、ライオンさま。」「なぜそのように、崖のはしにいったのか？ 人間の子よ。」「みせびらかしたのでございます。」([銀] 44)

アスランに対して当初から、'Sir'「さま」と呼びかけたり、失礼に聞こえるから呼びかけたり、という行為は、明らかに虚栄心に起因するものである。しかし、すでに自分の虚栄心から友を傷つけたことを自覚していたジルは、アスランの問いに対して即答することができた。自らの罪を十分に自覚し自らの言葉で告白したジルに対して、アスランは "That is a very good answer, Human Child. Do so no more. And now”（*SC* 22)「それはしごくよい答えだ。もう二度とそういうことをするな。」（［銀］44）と答える。そこで、アスランはジルに使命を与え、ジルは “Thank you very much. I see.”（*SC* 24）「どうもありがとうございました。よくわかりました。」（［銀］47）と即答して使命の実行を約束する。しかし、“Jill thought she should say something.”（*SC* 24）「ジルは、何かいったほうがいいと思いました。」（［銀］47）とあるように、それもまた心からの決意ではなく、その場をとりつくろうだけの答えにすぎなかった。ここでは、自覚しながらも未だ虚栄の罪から脱出できないジルの弱い姿が描かれている。ルイスは虚栄心について、次のように述べている。

> Vanity, though it is the sort of Pride which shows most on the surface, is really the least bad and most pardonable sort.（*MC* 126）

> 虚栄は表面にあらわれることの多いプライドの一種だが、この虚栄がプライドの中で、実は、悪性の最も少ない、最も赦されやすいたぐいのものである。（［精髄］198）

ルイスは、虚栄心を高慢の中でも軽微な罪として位置づけている。それだけに誰もが容易に犯しうる罪のひとつとして、ジルを用いてこの作品の中に描写を加えたといえよう。

高慢は、素直で純粋一筋に描かれているルーシィにすら現れる。ルーシィは魔法を解くために大きな書物を紐解いたとき、その中に自分自身と友人との会話の映像を見て、次のように口走ってしまう。

> I did think better of her than that. And I did all sorts of things for her last term, and stuck to her when not many other girls would.（*VDT* 167）

> あの人のためにあらゆることをしてあげたし、ほかの人たちだったらしないほどに、あの人についていてあげたのに。（[朝] 226）

ルイスは、ルーシィにすら高慢があらわれる一瞬を描くことによって、高慢は万人が犯しうる罪であることを示そうとしたのである。しかし、純粋で素直なルーシィはアスランにそのことを指摘され、この罪を即座に自覚するので、繰り返すことはしない。

第二の罪「憤怒」は、ピーター、エドマンド、ポリー、ルーシィ、チリアン、たから石に見られる。このうち、ピーターとエドマンドの憤怒は、きわめて対照的に描写されている。ピーターは、一度だけエドマンドを誹謗して罵声を浴びせる。エドマンドがナルニアへの冒険を経験しているのに嘘をついていたことが判明したとき、“Well, of all the poisonous little beasts —”（*LWW* 62）「そうか、はら黒いけちなけだものはいっぱいいるが —」（[ラ] 82）と、突然の怒りにまかせてエドマンドを罵倒してしまう。これを聞いたエドマンドは激怒し、その憤怒が復讐にまで至ったのは先述の通りである。憤怒そのものは瞬間的であっても、それを持続させ復讐という次の段階にまで発展させてしまったのである。一方、ピーターは言葉を発した瞬間から、自分の罪性に気づき、その言葉がエドマンドに及ぼす影響や意味を認識したため、途中で言葉を切った。その後のアスランとの対話において、エドマンドの不在を問われたとき、ピーターは次のように答える。

> And then something made Peter say, “That was partly my fault, Aslan. I was angry with him and I think that helped him to go wrong.”（*LWW* 141）

> その時、何かがピーターに、こういわせました。「その原因の一部は、わたしのせいでした、アスランよ。わたしはあの弟をしかりとばしたのですが、そのためにまちがったほうにいかせたように思われます。」（［ラ］177）

ピーターは、瞬間的に抱いた憤怒の罪を即座に自覚し、後にもその罪を思い悩み続け、ついにアスランの前で告白したのである。ピーターは、自分の憤怒が弱きエドマンドに強い憤怒の念を引き起こし、さらには復讐心までもたらした責任を十分認識し反省していたといえよう。

瞬間的に抱いた憤怒をいつまでも持続させてしまうのはポリーである。彼女は、魔法の鐘を鳴らすためにディゴリーが無理やり彼女を押さえつけたことに立腹し、“Hadn't you better say you're sorry ?”（*MN* 86）「ごめんなさいっていったほうがいいんじゃない？」（［魔］126）などと、機会あるごとにディゴリーとの会話の中にそれを匂わせた。ポリーは、そのときに“with furious anger”（*MN* 58）「ただ、もうれつに腹が立った」（［魔］91）という状態であったからいつまでもディゴリーに謝罪を求め続けていたのである。これはポリーの心の中に憤怒の念がいつまでも消え去ることなく残っていたことを示している。そのようなポリーに対して、アスランは“Have you forgiven the Boy…?”（*MN* 166）「この男の子があんたにくわえた乱暴をゆるしてやったかね？」（［魔］231）と、赦しを求める。想像力豊かなポリーは即座にその意味を理解して、“Yes, Aslan, we've made it up”（*MN* 166）「はい、アスラン。わたしたちは仲なおりをしました。」（［魔］231）と告白して、ディゴリーをすでに赦していることを表明したのである。

ルーシィは、魔法の館で魔法の本を紐解いて学期前の友人の会話を立ち聞きしてしまったとき、瞬間的に怒りを感じる。“.....a large, angry tear had splashed on it”（*VDT* 167）「大きないかりの涙が、目からほとばしり出て、本の上におちました。」（［朝］227）とあるように、大きな憤怒の念を親しい友に向けるのである。先述の高慢同様、温厚で素直に描かれてきたルーシィにしてはたいへんめずらしく意外な描写である。ルイスは、ルーシィにも憤怒の罪を負わせることによって、純粋かつ素直で模範的であった彼女ですらそのような罪を犯してしまうことを示している。この罪は万人が犯し得ること、犯していても自覚しがたいことを教えているといえよう。

チリアンとたから石も瞬間的に憤怒の念にかられる。チリアンは、カロールメン人（Calormenes）が乱暴している馬がナルニアの馬と判明したとき、憤怒の念が沸き起こり、たから石とともに二人のカロールメン人を殺してしまう。しかし、賢明なチリアンは即座にその行為を自らの罪として自覚し、たから石と次のような会話をする。

> Jewel, “said the King. “We have done a dreadful deed.” “We were sorely provoked,” said Jewel.” But to leap on them unaware — without defying them — while they were unarmed — faugh! We are two murderers, Jewel. I am dishonored forever. (*LB* 31)

「たから石よ。わたしたちは、恐ろしいことをしでかしてしまった。」「ひどく腹がたちましたから。」「とはいえ、知らずにいるやつらにとびかかり―やつらのなすことをとめだてしようともせず―武器をもたずにおったのに―くっ、たまらぬぞ！　われらは、ともに人殺しだ、たから石。わたしの名誉は、とこしなえに地に落ちた。」（［さ］50）

この会話は、チリアンによる罪の告白である。チリアンは図らずも突然殺人という罪を犯したことを悔いるのである。チリアンが悔いたのは、相手に悪をやめさせようとする努力をせずに、いきなり殺人行為に走ったことである。瞬間的に起こった憤怒の念も罪であるが、その結果としての殺人はそれ以上の罪である。チリアンはここで自らの罪を即座に自覚するとともに、その罪を正直にありのまま告白するのである。その後、チリアンは祈り続けることによってその状況を打開し、アスランと出会うことによって苦悩の克服を果たすことになる。

第三の罪「嫉妬」は、シャスタに最も著しく描かれている。シャスタは、自分だけがなぜこんな目に合わされるのかと疑念をもち、自分だけが最も不幸な人間であると思い込んでいた。確かに、赤子のときに実の両親のもとから引き離され、極悪非道な漁師に育てられ、最後には売り飛ばされようとしていた境遇は不幸ともいえる。しかし、シャスタにはそれを克服しようという気概がなかったのである。彼は、生来の優しい性格から、だれか特定の人間をうらやむということはなかったが、ときに自分と他者の人生を比較して、何かと妬みをもっていた。彼は周辺の人物と自分とを比較して次のように嘆く。

"I do think," said Shasta, "that I must be the most unfortunate boy that ever lived in the whole world. Everything goes right for everyone except me." (*HHB* 172)

世界じゅうでいちばんふしあわせな子どもなんだ。みんなはなんでもうまくいくのに、ぼくだけはそうじゃない。（[馬] 238）

ここでは、最上級を用いて自分が一番不幸であるという思い込みが強調されている。アスランとの出会いにおいても、シャスタは“Oh, I am the unluckiest person in the whole world!”（*HHB* 174）「ああ、ぼくは、この世でいちばんふしあわせな人間なんだ。」（[馬] 241）と嘆き悲しむ。これを聞いたアスランは、“.....tell me your sorrows.”（*HHB* 174）「あんたのふしあわせだということを、みんなわたしに話してごらん。」（[馬] 241）と問いかける。それに対して、シャスタは自らの出自、その後の境遇、ナルニアへの道中で起こった出来事などを語る。しかし、アスランは“I do not call you unfortunate,”（*HHB* 175）「わたしの考えでは、あんたはふしあわせだとはいえないな。」（[馬] 241）と、大声で答えたのである。この対話によって、シャスタはこれまでに度重なるアスランとの出会いがあったにもかかわらず、自分自身がそれを出会いとしてこなかったことにようやく気づかせられる。アスランとの出会いによって、自らの心の持ち様に気づかされたシャスタは、不幸と思っていた人生が、実はアスランに見守られていた人生だったことを悟る。アスランが人生の真の同行者であったことを認識するのである。ここでシャスタは真にアスランと出会うことになる。戦い終えたシャスタがアラビスに自らを感動的に語る科白において、“Aslan (he seems to be at the back of all the stories)”（*HHB* 222）「アスランが（どの話にもいつもアスランがそのかげにいるようだね）」（[馬] 303）と表現されている。この世に生を与えられて以来ずっとアスランの導きの中にあったことを、シャスタは深く理解したのである。

第四の罪「怠惰」は、ジルにあらわれる。ジルは、アスランから命じられたしるべの言葉をおぼえていなければならないのに、何度もそれを失念してしまう。その事実は次のように描写されている。

> She had forgotten all about them for the last half-hour.（*SC* 34）

> この半時間というもの、そのことをすっかり忘れていたのです。（［銀］61）

> She had forgotten all about the signs and the lost Prince for the moment.（*SC* 43）

> ジルはこのところ、あのしるべのことばも、いなくなった王子のことも忘れはてていたのです。（［銀］72）

ジルは、必要なときに使うようにとアスランから命じられていた‘the signs’「しるべのことば」をいつも忘れていたのである。ジルは夢の中でアスランに忘れずそれを繰り返すように命令されて、自分がそれを忘れていることを知る。夢で示された文字を見つけたとき、ジルは自分の罪を自覚して、次のように語る。

> “It's my fault,” she said in despairing tones. “I — I'd given up repeating the signs every night. If I'd been thinking about them I could have seen it was the city, even in all that snow.”（*SC* 122）

> 「わたしのまちがいだわ。」ジルはせつないなげきをこめていいました。「わたし、まい晩あのことばをくりかえすことをやめてしまった

の。もししるべのことばを考えていたら、あんな雪がふってたって、そこが都だとわかったにちがいないわ。」（［銀］176）

このあと、ジルは、“I'm frightfully sorry and all that”（*SC* 123）「それにしても ― いえ、いままでのこと、ほんとにすまないと思ってます。」（［銀］179）とユースチスに告白する。ジルは自らの怠惰の罪を自覚し、告白と謝罪を行うことができたのである。

第五の罪「貪欲」は、エドマンドとディゴリーに最も著しく描写されている。エドマンドにおいては権力欲、ディゴリーにおいては知識欲として現れる。

エドマンドの権力欲は王位への執着として描かれる。エドマンドが魔女になびいたのは、'Turkish Delight' もあったが、もうひとつ、王様になれるという点があった。王様にしてやるという魔女の言葉が、エドマンドの権力欲を強く動かしたのである。彼は白状して仲直りしたい気持ちを強く持っていたにもかかわらず、王様になるという権力欲に負けた。兄弟の間では、思ったことを何でも言ってしまうエドマンドであったが、魔女の前では思ったことも言えず、ただひたすら言いつけを守るだけの従順な部下と化す。エドマンドは権威に弱い。エドマンドの性格を熟知しているピーターには、“You've always liked being beastly to anyone smaller than yourself;”（*LWW* 49）「おまえはいつだって、じぶんより小さい者にたいして、横暴になるぞ」（［ラ］67）と叱責されている。エドマンドは、上位の者に弱く下位の者に強い。これも権力欲の強いエドマンドの処世術的な習性といえよう。

ディゴリーの場合は知識欲であった。ディゴリーは他の子どもたち同様、好奇心や冒険心が旺盛であることはもとより、知識欲において群を抜いていた。後に学者になることからもわかるが、並々ならぬ探究心の持ち主である。ディゴリーの知識欲を示すのは、次のような科白である。

> "But we haven't seen anything yet," said Digory. "Now we're here, we simply must have a look round." (*MN* 48)

> 「ぼくたち、まだなんにも見てないじゃないか。」とディゴリー。「きたからには、ひととおり見なくちゃ。」([魔] 78)

> But he was too wild with curiosity to think about that. He was longing more and more to know what was written on the pillar." (*MN* 56)

> この時は知りたい気もちがはげしく高ぶっていて、そんなことを考えるどころではありません。その柱に書いてあることが知りたくて知りたくてたまらなくなりました。([魔] 87)

> We want to stay and see what happens. (*MN* 129)

> ぼくたちここにいて、何がおこるか見たいんです。([魔] 179)

このように、ディゴリーには物事を知りたいという知識に対する欲求がたいへん強かった。しかし、ディゴリーが求めていた知識は、何か崇高な目的を達成するためのそれではなく、自らの知識欲のためのそれであった。知識そのものが自己目的化していたのである。そのゆえに、ポリーに暴力をふるってまでその欲を満たそうとしたわけである。そこにディゴリーの貪欲の罪があった。ディゴリーはやがてポリーにも謝罪し、自らの知識に対する考えを改めることになる。

第六の罪「貪食」は、エドマンドに最も著しく描かれている。貪食すなわち食欲の追求はエドマンドの‘Turkish Delight’への執着として描かれる。

> this was enchanted Turkish Delight and that anyone who had once tasted it would want more and more of it, and would even, if they were allowed, go on eating it till they killed themselves. (*LWW* 39)

> あのプリンには魔法がかかっていて、一度食べたら、ますます食べたくなってたまらないし、どしどし食べていいことになろうものなら、食べても食べても食べたりなくなって、ついには死んでしまう。([ラ] 56)

再度、魔女に出会ったエドマンドは、とにかく‘Turkish Delight’を懇願し続けた。いったんとりつかれてしまうと、もはや正常な感覚がなくなってしまう貪食特有の性格についても、次のように的確に描写されている。

> He had eaten his share of the dinner, but he hadn't really enjoyed it because he was thinking all the time about Turkish Delight — and there's nothing that spoils the taste of good ordinary food half so much as the memory of bad magic food. (*LWW* 95)

> エドマンドは夕ごはんのじぶんの分を食べながら、いつもプリンのことばかり考えていたので、せっかくのごちそうもあまりおいしく思いませんでした。悪い魔法がかかった食物のためにおかしくなった舌ほど、ふつうのよい食物の味をわからなくするものはないのです。（[ラ] 125）

ルイスがなぜ ‘Turkish Delight’ を選んだかは不明であるが、この名称の中に喜びという意が含まれることは無関係ではないであろう。快楽には、絶大な喜びをともなう。ここで、‘Turkish Delight’ は食べ物そのものだけでなく、この世的な欲望を引き起こす原因となる物質の代表格として用いられている。いったん味をしめるとそこから脱出することが困難な様々な快楽の代表格として表現されているといえよう。しかし、それはあくまで一時的なものであって、真の歓びではないことは言うまでもない。エドマンドはやがてその罪を悔いることになる。

第七の罪「邪淫」は、『ナルニア国年代記物語』が少年少女の読者も対象としたことから、さすがに他の罪ほど明確に描写されていない。非回心者としてはアンドルーの中にわずかに描写されているが、回心者としては年老いたディゴリーが “.....he had never in all his life known a woman so beautiful.”（*MN* 54）「こんな美しい女のひとには、その後会ったことがない」（[魔] 86）と語って、女性を美醜の感覚で見るという点が邪淫といえよう。ただ、いずれの場合も、他の罪のように自覚と告白の対象としては描かれていない。貪食に色欲を象徴させて描く手法はイギリス中世以降の文学の常套的手段であったから、ルイスはエドマンドの ‘Turkish Delight’ への執着すなわち貪食の欲望を描くことで、この作品では描写しにくかった邪淫の罪もそれに含めて描いたとも考えられよう。

以上、回心者の罪について「七つの大罪」に分けて順に検討してきた。

いずれも回心者は自らの罪性を自覚し告白するという点で共通している。罪性の自覚と告白は、回心を果たすための一過程として重要かつ不可欠な要素であるといえよう。

第3節　回心の過程としての罪性自覚と告白

前節で述べた罪性の自覚と告白という過程には、二つの大きな特徴が認められる。以下、順に検討する。

第一に、正邪の判別ができていても罪を犯す点である。登場人物は罪性を自分で理解していながら罪を犯し続ける。おおよそ気づいている場合は、アスランに指摘されても即答できるし、意識の内奥にあった罪意識が突然表面に出てはっと気づかせられてすぐに告白することができる。エドマンド、ジル、スーザンの例をあげよう。

エドマンドにとっての罪性の自覚は、物事の正邪を理解しているのに正しいことを実行しようとしていないという自己への気づきから始まった。魔女と出会ったエドマンドの心情は、次のように描かれている。

> Deep down inside him he really knew that the White Witch was bad and cruel.（*LWW* 97）

> 心の底では、白い魔女がひどい女で、残酷な魔物だということをはっきり知っていたのです。（［ラ］127）

エドマンドはすでに魔女の悪魔性を理解していたのである。自分の思考や行動が誤っていることを理解しながらも、自分なりの弁解的な理屈をつけて、そのようには行動しなかったのである。自分が本当に正しい、あるいは間違っていると考えていることが、欲のためにくつがえされ、本心とは逆のことをしてしまうのは、多くの人間が経験することである。エドマンドは、このように内面と外面の自己矛盾を繰り返していたわけである。これは人間なら誰しももち得る内外面の葛藤である。時が進むにつれ、エドマンドの内面における葛藤は大きくなり、ついには破綻をきたす。そのような心理状況の変化は次のように描かれている。

> All the things he had said to make himself believe that she was good and kind and that her side was really the right side sounded to him silly now.（*LWW* 124）

> エドマンドが、魔女はよいひとで親切で、こっちがわが正しいんだと、むりやり思いこもうとして、わが身にいいきかせてきたことは、すべてばかばかしいものになりました。（[ラ] 158）

エドマンドがこのように考えた時点で、彼の回心の素地は完成したといえよう。エドマンドは魔女への追従が悪であることを自覚しながらも、貪欲、貪食、ひいてはその起源としての高慢の罪を犯し続けていたのである。

ジルの場合も、罪性を自覚しつつ罪を犯す。泥足にがえもんがアスランの命じたしるべのことばについて尋ねたとき、ジルは次のように答えてしまう。

> "Oh, come on! Bother the signs," said Pole. "Something about someone mentioning Aslan's name, I think. But I'm jolly not going to give a recitation here."（*SC* 103）

「まあどうでしょう！ しるべのことばなんて、うるさいわねえ。」とポール。「アスランの名をいうひとがいて、それがどうとかいってたわねえ。でもわたし、こんなところでおさらいをしてみる気は、ぜったいありませんからね。」（［銀］152）

ジルがこのように答えざるを得なかったのは、ジル自身、自分の間違いを十分自覚していたからである。ルイスはジルの科白について、次のように説明している。

.....deep down inside her, she was already annoyed with herself for not knowing the Lion's lesson quite so well as she felt she ought to have known it.（*SC* 103）

ジルが心の奥では、とっくにおぼえておくべきだったと思っているライオンの教えを、ちゃんとおぼえていないじぶん自身にいらだっていたためなのです。（［銀］152）

これは、ジルがアスランから与えられた使命の遂行という自らの義務を明確に自覚していたにもかかわらず、怠慢の罪を犯し続けていたということを示している。

スーザンは、ルーシィがアスランの存在を知らせようとしたときにそれを否定した自分について、次のように語る。

And I really believed it was him tonight, when you woke us up. I mean, deep down inside. Or I could have, if I'd let myself.（*PC* 161）

> それから、今夜あんたが起こした時も、ほんとにすぐ、あのひとだなとわかったわ。それは、心のおくのほうでそう思ったということなの。わたしがもっとふかく考えれば、よかったのよ。([カ] 226)

スーザンは、アスランが見えていたにもかかわらず、その存在を否定してしまったのである。しかし、まったく認知できなかったのではなく、精神の内奥では認知できていたのに、表面的には否定してしまったのである。

三人の登場人物には 'deep down inside'「心の奥底では」という言葉が用いられている。ルイスはこの言葉によって、正邪を判別しながらも悪を選択する人間の特質を的確に表現したといえよう。ルイスはこのような人間の特質について、次のように述べている。

> The truth is, we believe in decency so much — we feel the Rule of Law pressing on us so — that we cannot bear to face the fact that we are breaking it, and consequently we try to shift the responsibility. (*MC* 8)

> われわれは正しさというものをあまりにも深く信じているので — ルールあるいは法則があまりにも強く迫ってくるので — それを破っているという事実を正視するに耐えられず、その結果、なんとか責任を逃れようと四苦八苦している。([精髄] 32)

先述したエドマンド、ジル、スーザンの描写には、このような人間の本質的な姿が見事に表現されているといえよう。ルイスは、これらの描写を通して、人間の自然法的理解を描こうとした。ルイスは人間の根源的性格について、次のように述べている。

First, that human beings, all over the earth, have this curious idea that they ought to behave in a certain way, and cannot really get rid of it. Secondly, that they do not in fact behave in that way. They know the Law of Nature, they break it. These two facts are the foundation of all clear thinking about ourselves and the universe we live in.（*MC* 8）

第一に、地上に住むすべての人間は、ある特定の仕方で行動すべきであるという奇妙な考えを持っており、この考えを全く取り除いてしまうことはできないということ。第二に、彼らは、実際には、そのように行動していないということ。つまり自然の法則を知ってはいるが、これを破っているということ。この二つの事実こそ、われわれが自己自身と、われわれがその中に住む宇宙とについて透徹した思考を展開するための、唯一の土台となるものなのである。（[精髄] 33）

世界には、まず‘Law of Human Nature’「自然の法則」（[精髄] 34）があり、その中で人間のみに適用されるものとして‘Moral Law’「人間性の法則」（「道徳性の法則」）（[精髄] 34）がある。それは‘Rule of Decent Behaviour’「正しい行為のルール」（[精髄] 34）という形であらわれる。人間には正しいことと悪いこととを判別する能力が与えられているのである。この能力が良心である。“First of all He left us conscience, the sense of right and wrong:”（*MC* 50）「神はわれわれに良心、つまり正邪の感覚を授けて下さった」（[精髄] 92）というわけである。そのゆえに、人間は罪を犯してもそれを自覚することができるし、罪と知りつつ罪を犯すこともできるのである。今検討してきたユースチス、ジル、スーザンの事例は、まさに人間のこのような特質を見事に表現しているといえよう。

第二に、罪の自覚には痛みをともなう点である。今見てきたように罪と知っていながら罪を犯し続けていたような場合においても、罪を罪として全く自覚していなかった場合においても、登場人物は痛みをきっかけに罪性を自覚するのである。ユースチス、カスピアン、アラビス、泥足にがえもんの例を挙げよう。

ユースチスは竜になってしまった後、“.....what woke him was a pain in his arm.”（*VDT* 94）「そのユースチスの目をさまさせたのは、腕の痛みでした」（[朝] 133）とあるように、痛みによって眠りから覚めることができた。彼は自分が竜になったことになかなか気づかなかったが、痛みの激しさによってようやくその事実を認識したのである。さらにアスランと出会って着物を脱がせてもらうときの痛みをユースチスは次のように語っている。

> The very first tear he made was so deep that I thought it had gone right into my heart. And when he began pulling the skin off, it hurt worse than anything I've ever felt.（*VDT* 114）

> ライオンが爪をたてた第一のひきさきかたは、あまりふかかったものだから、それが心臓までつきさしたと思ったくらいだった。そしてそれが皮をひきはがしはじめると、いままで感じたことがないほどはげしく痛んだ。（[朝] 161）

ユースチスは強烈な痛みを強いられてはじめて、竜から元のユースチスの姿に戻ることができたのである。

アラビスは自分の逃亡を成功させるために、侍女に与えた酒の中に眠り薬を入れるという非情な罪を犯した。高慢に起因するその行為を、アラビスはまったく罪とは自覚していなかった。彼女はナルニアへの道中、ずっと自分の行為を忘却してしまっていたが、アスランは、彼女が侍女に負わせたのと同様の傷をアラビスに負わせる。アスランとの出会いによって気づきを与えられ、その事実を自ら認めるとともに、その行為を後悔するにいたる。アスランはアラビスを引き裂いて傷を負わせた理由を問うが即座には答えられない。傷を負わせたのがアスランであることも、その理由も理解していなかったからである。

そのようなアラビスにアスランは次のように語りかける。

> The scratches on your back, tear for tear, throb for throb, blood for blood, were equal to the stripes laid on the back of your stepmother's slave because of the drugged sleep you cast upon her. You needed to know what it felt like.（*HB* 216）

> あんたの背中のかききず、その裂け口、そのうずき、その血は、あんたが薬をのませて眠らせたために、あんたの継母のどれいが背中にうけた筋のあと、裂け口、うずき、そして血と同じものなのだ。あんたはおなじ思いを味わわなければならなかったのだ。（［馬］294）

アラビスは、アスラン自身の口から痛みの理由を聞かされたのである。当初は意味が理解できずに“No, Sir.”（*HB* 216）「いいえ、ぞんじません。」（［馬］294）としか回答できなかったアラビスが、ようやく“Yes, Sir.”（*HB* 216）「はい、わかりました。」（［馬］295）と明確に応答できるようになる。アラビスは自ら痛みを負うことによって、罪性を自覚することができたのである。

カスピアンは、自らの祖先が過去のナルニアに生きる動植物に大きな罪を犯したことを知ったとき、森の中の木々が彼の身体に倒れかかり、九死に一生を得る。その後、まさにその木々に衝突して怪我をしてしまう。その場面は次のように描写されている。

> Then, almost too suddenly to hurt (and yet it did hurt him too) something struck Caspian on the forehead and he knew no more. When he came to himself he was lying in a firelit place with bruised limbs and a bad headache. (*PC* 66)

> すると、あっというまもなく、なにかがカスピアンのひたいにぶつかって、そのまま何もわからなくなりました。やっと正気にもどってみると、手足にきずをおい、はげしい頭痛がして、火のあかりのなかで横になっているのでした。([カ] 99)

カスピアンは、かつて祖先が至る所で木を切り倒して自然を破壊した罪を、その木々から痛みを負わせられることによって、罪の自覚に至ることができたのである。カスピアンが負った傷と痛みは、カスピアンの先祖がナルニア人に対して負わせた傷の痛みであった。

泥足にがえもんは、ユースチスやジルとともに魔女によって魔法にかけられようとする時、暖炉の火の中に近づいて自ら痛みを負うことで魔法にかかることを阻止しようとする。その結果、泥足にがえもんも他の二人も魔法にかからずにすむ。その場面は、次のように描写されている。

> The pain itself made Puddleglum's head for a moment perfectly clear and he knew exactly what he really thought. There is

> nothing like a good shock of pain for dissolving certain kinds of magic. (*SC* 190)

> やけどのいたみが、ひと時泥足にがえもんの頭をすっかりさえさせたものですから、じぶんの心にうかんだ思いをはっきりとつかみました。魔法のようなものを解くには、いたいめにあってびっくりぎょうてんするのが、なによりです。([銀] 267)

賢明な泥足にがえもんは魔法を拒否するために自らに痛みを与えたのである。痛みの特質が見事に描かれているといえよう。

ルイスは罪の自覚に痛みが必要なことについて、次のように述べている。

> Now error and sin both have this property, that the deeper they are the lesstheir victim suspects their existence; they are masked evil. Pain is unmasked, unmistakable evil; every man knows that something is wrong when he is being hurt. (*PP* 90)

> 過ちとか罪は、どちらも根が深ければ深いほど、本人がその存在に気づかないという特質をもっています。これに反して苦痛は仮面を引きはがされた、まがうかたなき悪です。痛いときには誰でもどこかおかしいと気づくのです。([痛み] 117)

痛みはこのように、自らの罪に無自覚であるとき、問答無用で自覚を迫る効果をもつというのである。

いずれにせよ、第一にあげた点は良心の問題であり、第二にあげた点は痛みの問題である。ルイスはその両者のもつ特質を、次のように明確に示している。

> But pain insists upon being attended to. God whispers to us in our pleasures, speaks in our conscience, but shouts in our pain: it is His megaphone to rouse a deaf world.（*PP* 91）

> しかし苦痛はあくまでもわたしたちの関心を要求します。神は、楽しみにおいてわたしたちにささやきかけられます。良心において語られます。しかし苦痛においては、わたしたちに向かって激しく呼びかけたもうのです。苦痛は耳しいた世界を呼びさまそうとしたもう神のメガホンです。（[痛み］118）

ルーシィやポリーなどのように罪を自覚する素地をすでに備えていた登場人物に対しては、良心という軽い形で自覚が促される。しかし、ユースチスなどのように自覚の素地が備えられていない場合には、苦痛という重い形で罪の自覚が促されるのである。痛みがなければ彼らは自覚することができなかったであろう。いずれにせよ、様々な種類の罪をその程度と必要に応じて、良心によって、あるいは痛みを与えられることによって、自覚し告白することが可能になる。これは登場人物たちの回心の中核となる部分で、回心の過程といえよう。

第 5 章
自己との出会いの諸相（2）
― 偉大なる自己との出会い ―

第1節　自己放棄

卑小なる自己との出会いを果たした登場人物は、次の段階に移行する。偉大なる自己との出会いである。それはまず自己放棄という形であらわれる。逆説的ではあるが、人間は自己を捨てたとき、すなわち自らのすべてを超越者に委ねたときに、自分の偉大さを発見することができるのである。ユースチスとチリアンの例を挙げよう。

竜になったユースチスが元の人間に戻ろうとしたとき、アスランは “You will have to let me undress you”（*VDT* 115）「わたしにその着物をぬがさせなければいけない」（［朝］161）と言う。その行為によってユースチスの人間への復帰は完成することになる。「ユースティスの黒いでこぼこした皮、すなわち罪にまみれた自我からの解放は、神の前に自己を放棄する時、神の助けによってなされること[49]」なのである。回心はアスランの力を借りることによって完成する。回心という現象は、本人の主体的行為でありながら超越者のなせる業であるという一見矛盾した構造をもつ。ユースチスは自己を捨てて一切をアスランに委ねるのである。ルイスは自己放棄について、次のように述べている。

> .....the more we get what we now call ‘ourselves’ out of the way and let Him take us over, the more truly ourselves we become.（*MC* 225）

> わたしたちが「自己」というものを除去して、キリストに自己を支配してもらえばもらうほど、わたしたちはほんとうの自分になることができる（[精髄] 336）

その結果ユースチスはまったく新しく生まれ変わり、新しい生を出発させたのである。

また、チリアンはカロールメン人に捕縛された後一人になったとき、次のように祈る。

> “Let me be killed,” cried the King. “I ask nothing for myself. But come and save all Narnia.”（*LB* 52）

> 「わたしの命をうばってください。」と王は叫びました。「わたしのためにおねがいすることは、なにもありません。けれども、どうかいらっしゃって、ナルニアじゅうをお救いください。」（[さ] 79）

自らの命乞いのための祈りではなく、自己の思いを抑制して超越者の意思を問う祈りである。自己を捨てて超越者に従おうとする祈りである。この後、チリアンは夢を見るが、目覚めてすぐそれは正夢となる。最後まで信仰を投げ捨てることなく、祈り続けたチリアンにこそ与えられた正夢であったといえよう。チリアンは自己放棄を成し遂げ、その結果祈り続けることによってアスランを求めた。いかなる困難に遭遇しても信仰を失うことなく続けられる祈りによって超越者を求めることの大切さが示されている。一方で、この描写は、罪の自覚と告白の後には、自らを捨て去る行為すなわち自己放棄が求められることを示している。ルイスは、次のように述べている。

> Since I am I, I must make an act of self-surrender, however small or however easy, in living to God rather than to myself.（*PP* 100）

> わたしはわたしであるがゆえに、自分自身でなく神に向かって生きるにあたっては、たとえささやかな、ごく容易なものであっても、必然的に何らかの自己放棄の行為を行わねばなりません。（[痛み] 100）

真のアイデンティティ確立のためには、逆説的だが、自己放棄が求められるわけである。自己放棄のあとにあるのは超越者の主権のみである。自己放棄を果たした者には、自己を完全に委ねるべき相手すなわち絶対的に信じる対象が明確に実在する。自己放棄を果たした登場人物たちはアスランだけを拠りどころに生きるのである。アスランは唯一のゆるぎない視点である。信じる対象は唯一である。唯一絶対の信じる対象が存在することによって、登場人物は絶対的に拘束される。そのことによって登場人物たちの魂は解放され自由になるのである。この逆説的事実が自己放棄ひいては回心によって得る真実である。ルイスは、この不可思議ともいえる現象を、次のように的確かつ感動的に表現している。

> The hardness of God is kinder than the softness of men, and His compulsion is our liberation.（*SBJ* 266）

> 神のきびしさは人間のやさしさより恵みふかい。神の強制はわたしたちの解放にほかならない。（[歓び] 299）

これが自己放棄を果たした者の至る境地である。自己を捨てることによってすべてを超越者に委ねたとき、かえって自己は解放されるという逆説的な構造がここに示されている。

第 2 節　謙遜の獲得

自己放棄を果たした者は、超越者の主権を強く認識するようになる。このような心の変容は、現実にはどのような態度として表れるのであろうか。登場人物は自己放棄によって謙遜という態度を獲得する。自己放棄は謙遜な態度としてあらわれるのである。謙遜は、ルイスが最大の罪とした高慢の対極に位置する概念である。ルイスは、謙遜を獲得するために“the first step is to realize that one is proud.”（*MC* 128）「第一歩は自分は傲慢だということを自覚すること」（[精髄] 202）と、端的に述べている。

> If you think you are not conceited, it means you are very conceited indeed.（*MC* 128）

> もしあなたが、おれはうぬぼれていないと考えなさるなら、それこそあなたがひどくうぬぼれておられることの何よりの証拠である。（[精髄] 202）

まさにユースチスが陥った例そのものといえるが、万人がこのような状態に陥りがちであるゆえに、ルイスは強調しているのである。

『ナルニア国年代記物語』においては、様々な謙遜が描かれているが、アスランとの対話において謙遜を評価される例として、ブレー、馬車屋、カスピアンの対話が挙げられる。

高慢の罪を告白したブレーに対して、アスランは次のように語りかける。

> My good Horse, you've lost nothing but your self-conceit. No, no, cousin. Don't put back your ears and shake your mane at me. If you are really so humbled as you sounded a minute ago, you must learn to listen to sense. You're not quite the great Horse you had come to think, from living among poor dumb horses. (*HB* 161)

> そなたはいい馬じゃ。そなたが失ったのは、うぬぼれだけじゃ。いやいや、わがいとこよ。そんなに耳をふせて、たてがみをふるでないぞ。そなたがさっきいっていたほど、しんからへりくだった気もちでおるなら、ものの道理をきくこともまなばねばならぬ。そなたは、あわれでおろかな馬たちのなかにいたため、じぶんをえらい馬だと思うようになったが、それほどえらくはなかったのじゃ。（[馬] 224）

ブレーは卑小な自己を知り、謙遜を獲得することができたのである。ルイスは、ここで謙遜の大切さについて表現している。

自然人は生来謙遜さを備えている。馬車屋の例を示そう。アスランは馬車屋に対して矢継ぎ早に問いを投げかけるが、馬車屋は次のように返答する。

I'd try to do the square thing by them all（*MN* 165）

だれにもみんな公平にするように心がけますだ。（[魔] 229）

It'd be up to me to try, sir. I'd do my best:（*MN* 165）

おらの義務としてそうつとめますだ。一生けんめいやってみますだ（[魔] 230）

I'd try — that is, I'ope I'd try — to do my bit.（*MN* 166）

とにかく、できるかぎりやってみますだ—いや、やってみてえとねがってますだ。（[魔] 231）

馬車屋は、アスランの命令に対し断定的に誓うのではなく、試みとしての努力を誓う。それは、'try' の多用によって表現されている。人間はいくら誓いを立てても完全とは言い切れない弱い存在なのだということを馬車屋はすでに悟っていたのである。アスランは馬車屋が謙遜であったがゆえに、ナルニアの初代王位という最高の栄誉を与えたのである。

カスピアンも王位に着くに当たって、アスランによって謙遜さを高く評価される。次の問答は謙遜の大切さを示す。

"Welcome, Prince," said Aslan. "Do you feel yourself sufficient to take up the Kingship of Narnia?" "I-I don't think I do, Sir," said Caspian. "I'm only a Kid." "Good," said Aslan. "If you had felt yourself sufficient, it would have been a proof that you were not."（*PC* 220）

「あなたは、われこそナルニアの王位につくにふさわしいと、じぶんで思うかな？」「いえ、いえ、そうは思いません、アスラン」「わたしは、まだ子どもでございますから。」それに対してアスランは「よろしい。」「じぶんからふさわしいと思いこんでいたら、それこそふさわしくないしるしなのだよ。」（［カ］302）

カスピアンは、この問答において謙遜であることを証明したので、アスランはたいへん高く評価したのである。

謙遜は、このようにアスランとの対話において示されるだけでなく、回心を果たした者の心底から沸き起こる自然な言葉としても語られる。ピーター、ユースチス、ルーシィの例が挙げられる。

ピーターは、カスピアンらと戦闘を開始する直前に、次のように語る。

We don't know when he will act. In his time, no doubt, not ours. In the meantime he would like us to do what we can on our own.（*PC* 187）

わたしたちは、アスランが、いつ何をするかを知りません。それは、わたしたちがわのことではなくて、アスランのきめることですから。そのあいだに、わたしたちが、わたしたちにできることをやれば、アスランも喜ぶでしょう。（［カ］259）

ピーターはアスランの主権を高らかに宣言している。アスランの本質を一言で過不足なく表現した言葉である。これはピーターが謙遜であるがゆえにこそ発することのできた科白であるといえよう。

ユースチスは、ジルとともにナルニアに旅立つ方法を探っているとき、ナルニアに行くという行為について、次のように語っている。

> It would look as if we thought we could make him do things. But really, we can only ask him. (*SC* 7)

> それではまるで、こっちの思いどおりに、あのひとにいろんなことをさせることができると考えてるみたいだ。ところがじっさいは、あのひとに、ただおねがいすることができるだけなんだ。([銀] 24)

ナルニアに行くことができるのは、自分たちの力によるものではなく、アスランの呼びかけによるものであることを、ユースチスは知っているのである。ここでもアスランの主権が高らかに語られている。ユースチスにこの科白を可能ならしめたのは、彼が自己放棄を経て回心を果たし、謙遜を獲得したからであるといえよう。

ルーシィは、憂い多きくらやみ島が消失して青い海と空が現れたとき、それがルーシィたちのなせる業だとループ卿が語ったことに対して、次のようにしみじみと語る。

> I don't think it was us, (*VDT* 202)

> わたしたちがしたのだとは、思いませんわ。([朝] 272)

この一言によって、自己を無にしてアスランのみに依存するルーシィの内面が見事に描写されているといえよう。ここにおいてもアスランの主権が高らかに宣言されており、謙遜のなせる業となっている。ルイスは、謙遜について次のように述べている。

And He and you are two things of such a kind that if you really get into any kind of touch with Him: wants to give you Himself. (*MC* 127)

神と人間とは全く違った存在であるから、もしわれわれがほんとうに神と何らかの関係にはいったなら、われわれは、事実、謙遜になるだろう ― しかも喜んで謙遜になるだろう。([精髄] 201)

今見てきた三人の登場人物たちは、神との人格的関係を確立させているゆえに、必然的に謙遜な態度をとり得たのである。喜びをもって謙遜になることができたゆえに、心底からの真の宣言として、名言的な言葉を吐くことができたわけである。

アスランは、謙遜な自然人馬車屋と、未だ高慢の残るジルとに対して、それぞれ次のような対照的な科白を発している。

You know better than you think you know, (*MN* 162)

あなたはじぶんで考えているよりよくわかっているのだ。([魔] 225)

.....perhaps you do not see quite as well as you think. (*SC* 24)

おそらくあんたは、わかっているとじぶんで思っているほどには、わかっていまい。([銀] 47)

前者は、謙遜を高く讃える言葉であり、後者は人間が陥りがちな高慢を戒める言葉である。アスランとの対話における馬車屋の態度は、高慢に陥ることなく自らを適正もしくは過少に評価する謙遜な例である。一方、ジルのほうは、自らを過大評価して高慢に陥ってしまった例である。

第3節　回心の完成としての徳の実践

謙遜への第一歩を踏んだ登場人物は次にどのような段階に進むのだろうか。ルイスは、謙遜に至る第二歩目として、徳の実践を挙げている。

> The next step is to make some serious attempt to practice the Christian virtues.（*MC* 141）

> 二歩目は、キリスト教的諸徳を実践しようと真剣に努力してみることである。（[精髄] 220）

徳という概念はギリシア倫理学において成立し、その後キリスト教においても重視されてきた。ルイスは「七つの徳」について、『キリスト教の精髄』の中で詳説しているが、『ナルニア国年代記物語』における登場人物の描写においてもそれらを数多く散りばめている。「七つの徳」には、「根元的徳」として知恵、節制、正義、勇気、「神学的徳」として信仰、希望、愛がある。

まず知恵である。ルイスは、知恵について次のように述べている。

> Prudence means practical common sense, talking the trouble think out what you are doing and what is likely to come of

it.（*MC* 77）

知恵とは実用的な常識のことであり、今自分が何をしているのか、そこからどういう結果が出てくる可能性があるのか、ということを労をいとわずに考えることである。（[精髄] 129）

回心後の実践はほとんど知恵をもってなされる。ピーターの的確なリーダーシップ、エドマンドやユースチスの勇敢な戦闘ぶり、ルーシィやポリーなどの冷静で賢明な判断は知恵そのものであるし、ディゴリーの知識は知恵に変化したともいえよう。

次に節制である。ルイスは、昨今の節制が禁酒に限定されている傾向がある点について批判しながら、徳としての節制は、過度な快楽を求めることを慎むことと理解している。

特に、七つの罪のうち、貪欲、貪食、邪淫に対する抑制が節制の対象となろう。エドマンドは、貪欲としての権力への、貪食としての‘Turkish Delight’への執着がなくなったし、ディゴリーの知識欲は知識というより知恵に変容したことは先述の通りである。

次に正義である。ルイスは正義について、次のように述べている。

Justice means much more than the sort of thing that goes on in law courts. It is theold name for everything we should now call ‘fairness’; it includes honesty, give and take, truthfulness, keeping promises, and all that side of life.（*MC* 79）

正義だが、これは法廷で行われるものよりはるかに広い意味を持ったものである。それは、われわれが「公正」と呼ぶいっさいのものを表す名であって、正直、ギブ・アンド・テイク、誠実、約束を守ること等、生活のそういった側面をすべて含んでいる。([精髄] 133)

公正と呼ぶすべてのものと述べている通り、ごく日常的な瑣末なことにも適用すべき徳として考えている。他の徳がすべてそうであるように、正義は知恵とも連動している。エドマンドやユースチスらの闘いは正義のためであったし、リーピチープの名誉、泥足にがえもんの勇気なども正義のためのものである。とりわけエドマンドの回心後の勇敢な闘いぶりは正義を目的とするものとされ、彼は正義王と名づけられている。

次に勇気である。ルイスは勇気について、次のように述べている。

And Fortitude includes both kinds of courage — the kind that faces danger as well as the kind that 'sticks it' under pain. (*MC* 79)

それから勇気だが、これは二種類の勇気 — 苦痛のもとにあって「がまんする」勇気と、危険に直面する勇気と — を二つながら含んでいる。([精髄] 133)

前者の意味における勇気は、ルーシィがくらやみ島を前にして忍耐を続けるときのアスランへの祈りと対話において見出すことができる。ルーシィは、朝開き丸で航海を続けていたカスピアン一行とともに行き先を見失ってしまう苦難に出会う。困り果てた船員たちとともになかなか活路を見いだせないルーシィは、アスランに "Aslan, Aslan, if ever you loved us at all, send us help now." (*VDT* 200)「アスラン、アスラン。あなたがわたしたちを愛してくださるなら、どうかいま、助けをあたえてください。」（［朝］268）と、祈りの言葉を発する。困難に陥ったルーシィは、アスランに助けを求めて切なる祈りを捧げたのである。祈ることでルーシィは幾分の安堵感を得て、アスランの応答を待つ。そんなルーシィの祈りに対して、アスランはあほう鳥に姿を変えて“Courage, dear heart,”（*VDT* 201）「勇気あれ、むすめよ。」（［朝］270）と応答する。ルーシイは、祈ることにより、じっと待つという勇気をもった。苦痛を強いられながらも勇気をもって忍耐を続け祈った。アスランの応答によりその祈りは聞き入れられたといえよう。

チリアンもまた志を曲げることなく、勇気をもって信を継続して苦悩を克服した。アスランは“Well done, last of the Kings of Narnia who stood firm at the darkest hour.”（*LB* 183）「よくぞやった。もっとも暗い時のあいだに、けなげにもしっかりと立ちつくしていた、わがナルニアのさいごの王よ。」（［さ］246）と語りかけた。チリアンが苦悩のときにも自らの行為を罪と理解し、告白して悔い改め、自己を捨ててただひたすら祈り続けたことがアスランをしてこう言わしめたのである。チリアンが祈り続けることができたのは、彼にひたすら待ち続ける勇気があったからであり、アスランが評価したのもチリアンの勇気であった。以上は、いずれも忍耐する勇気である。

これに対して、危険に直面する勇気は回心したユースチスの行動として、次のように描写されている。

> Eustace（who had really been trying very hard to behave well, till the rain and the chess put him back）now did the first brave thing he had ever done.（*VDT* 124）

ユースチスは（雨やチェスのせいであともどりはしましたが、それま

> では何かみんなのために働こうといっしんにつとめていました)、この時、生まれてはじめて、めざましいいさおしをたてました。([朝] 172)

このように、ユースチスはもとより、回心したエドマンドが勇敢に闘うことができたのも同様の勇気を与えられたからである。リーピチープや泥足にがえもんには、自然人として生来の勇気が特徴として描かれている。

愛についても、知恵、正義、勇気など他の徳と連動している。愛は内面的であると同時に行為としてもあらわれる徳である。他者のために尽くすエドマンドやユースチスの回心後の行動はこれに該当する。ルーシィやポリーの優しさや、ディゴリーの母への思いやり、リーピチープや泥足にがえもんの勇気ある行動なども愛にあたる。正義でもあり勇気でもあったそれらの行為は、ほとんどが愛にも該当するのである。

次に希望については、たから石の感動的な例を挙げることができる。新しいナルニアを目前にした時、たから石は次のように叫ぶ。

> I have come home at last! This is my real country! I belong here. This is the land I have been looking for all my life, though I never knew it till now. The reason why we loved the old Narnia is that it sometimes looked a little like this. Bree-hee-hee! Come further up, come further in! (*LB* 213)

> ああ、わたしはとうとうもどってきた! ここここそ、わたしのまことのふるさとだ! わたしはもともとここのものだった。ここをわたしは、いままで知らずに、一生さがし求めていたのだ。あのナルニアをわたしたちが愛していたわけは、時々ちょっぴりここに似ていると

ころがあったからだ。フレー、ヒヒーン！　さらに高く、さらに奥へ、いってみよう！（［さ］286）

これは、たから石の信仰告白である。たから石がこのように告白することができたのはひとえに彼がかねてより王への忠誠を通じて培ってきた信仰の強さによるものである。

その直前にディゴリーが学者らしく、プラトンの名前を出しながら、影の国について語った内容を、たから石は自分の心の奥底から噴出する想いとしてこのように語ったのである。ここではディゴリーの論理的な科白と対照的に描写されている。また、この信仰告白において示されている思想は、ルイスが全作品を通じて示してきた「憧れ」の帰結でもあり、影の国としてのナルニア国の本質であるともいえよう。さらに、この告白は真実であったために、周辺にも大きな影響力をもった。“The unicorn who summed up what everyone was feeling.”（*LB* 213）「だれもが心に感じていたことを、うまくまとめていいあらわした」（［さ］285）とあるように、周辺の登場人物の感動を代弁する結果となった。また、“But now a most strange thing happened. Everyone else began to run,”（*LB* 213）「じつにふしぎなことがおこりました。だれもかれも、走りだしました。」（［さ］286）という現象が起きた。足のはやい一角獣と同じように速く疾走するという通常では考えられない出来事が起きたのである。希望に満ちた信仰告白が周辺の人物にも大きな影響を与え、さらに大きな希望とエネルギーを生み出すことが示されている。たから石は希望という神学的徳を実践し、それを見た周辺の登場人物たちも賛同して同様の徳を実践したといえよう。

次に信仰である。ユースチスの例を挙げよう。ルイスは、回心後も回心時の気持ちを持ち続けることの困難さを語っている。ユースチスはアスランの助けと自らの決断により回心を遂げたが、実際にまったく新しい完全な生が実現したかというと、決してそうではない。回心以前からもっていたユースチスの悪い部分が時々表面化することもあった。この点について、次のように描写されている。

> To be strictly accurate, he began to be a different boy. He had relapses. There were still many days when he could be very tiresome. But most of those I shall notice. The cute had begun.（*VDT* 120）

> しかし、きびしいいいかたをすれば、ユースチスは、ちがった男の子になりはじめたところでした。あともどりもありました。とてもいやな子になった日もずいぶんありました。けれども、そんなことをとがめていたら、しかたがありません。とにかく全快にむかってすすみはじめたところでした。（[朝] 166）

ユースチスは、回心後もかつての彼らしい言動に戻ることもあったが、根本的に昔の彼とは異なっていた。ルイスはキリスト者の生き方について次のように述べている。

> In the same way a Christian is not a man who never goes wrong, but a man who is enabled to repent and pick himself up and begin over again after each stumble.（*MC* 63）

> クリスチャンとは絶対に過ちを犯すことのない人間ではなく、つまずくたびごとに悔い改め、再び立ち上がって、初めからやりなおすこと

のできる人のことである。（［精髄］112）

人間は原罪を背負っているという意味では、いつも回心前の自分に逆戻りしてしまう可能性をはらみつつ、日々を生きていることになる。原罪性は、高慢を起源とする様々な罪によって、一瞬にして信仰を崩壊させてしまう危険性を常に有しているといえる。ルイスはこのような人間の弱さについて、次のように的確に表現している。

> Thus all day long, and all the days of our life, we are sliding, slipping, falling away–as if God were, to our present consciousness, a smooth included plane on which there is no resting.（*PP* 71）

> こうして一日中、いえ、くる日もくる日も一生の間、わたしたちはたえず滑り、躓き、落ちて行きます。まるで神がわたしたちの現在の意識にとっては途中で一休みする足場もないツルツル滑る斜面であるかのように。（［痛み］94）

滑り落ちることを必死になって防がなければならない。それはどうすればいいのか。信仰によってしかないのである。ルイスにとって信仰とは “the art of holding on to things your reason has once accepted, in spite of your changing moods.”（*MC* 140）「ひとたび理性が受け入れた事柄を、たえず変わる気分とはかかわりなく、しっかり持ち続ける技術」（［精髄］219）なのである。ルイスは ‘the habit of Faith’（*MC* 141）「信仰の習慣」（［精髄］219）こそが回心後の継続の唯一の方法であり、その第一歩は “to recognize the fact that your moods change”（*MN* 141）「自分の気持ちはたえず変わるという事実を認識すること」（［精髄］219）と述べている。

そのために“We have to be continually reminded of what we believe.”(*MC* 141)「自分の信じていることをたえず思い起こすことが、われわれには必要なのである。」([精髄] 220) とされる通り、回心を果たした者は信仰を守るために日々闘い続けるしかないのである。

以上に述べてきた七つの徳の実践は、いずれも容易に果たせるものではない。強固な意志が必要であり苦闘がともなうものである。しかし、それは回心を遂げたからこそ背負うべき苦悩であり可能な生き方なのである。回心を果たさなかった者にはこの闘いはあり得ない。その意味で、徳の実践は共通かつ多様な過程を経て進められてきた回心の最終段階であり、回心の完成として位置づけることができよう。

第 6 章
登場人物のもつ今日的意義

第１節　反面教師としての意義

この作品には、現代社会の悪弊を彷彿とさせる描写が数多くある。何人かの登場人物は、現代社会における否定的側面を体現している。それは、非回心者や、逆回心者の回心後、回心者の回心以前の心の有り様であり、悪の本質を示す魔女ジェイディスの様相である。現代における回心を考えるときに、この作品における彼らの様相は反面教師として重要な役割をもつ。また魔女は現代社会にはびこる悪の姿を想起させる。

非回心者として現代社会に問題提起がなされている登場人物は、アンドルーと小人である。前者は現代にありがちな一個の人物像として、後者は現代人の全体的な一般像として、その描写はたいへん興味深く、示唆に富む。いずれの描写も、現代に生きる読者にとっては、現代社会の否定的側面を示す意味でたいへん意義深い。

アンドルーは、第４章で検討した「七つの大罪」のすべてを合わせもち、人間の弱さをそのまま露呈している男性である。誰もがもち得る人間の罪深さを、一人の人間に凝縮して象徴的に表現された登場人物といえよう。アスランには何度も出会っていたにもかかわらず、その声を聴くことができず、真の出会いを果たせずに終わってしまう。アンドルーは、身の回りに生起するあらゆる事象を常に自分自身と結びつけて考え、いつまでも自己放棄できない弱い人間の姿として描かれている。アンドルーの性格は自意識過剰や被害妄想、自我自賛という形であらわれるが、いずれも強固な自己執着の結果である。自己執着について、ルイスは次のように述べている。

> That fierce imprisonment in the self is but the observe of the self-giving which is absolute reality; (*PP* 158)

> 自己の中へのかたくななとじこもりは、絶対の現実性である自己放棄の対極にすぎません。（[痛み] 201）

自己執着は、自己放棄の対極的概念として考えられているのである。自己放棄は、前章で見たように、回心の一過程として位置づけられるから、ここに示された強固な自己執着を続けるかぎり回心はあり得ない。現代に生きる者にも類似するといえないだろうか。

アスランはあらゆる者に呼びかけるが、聞こうとしない者にその声は聞こえない。『ナルニア年代記物語』の中には、アスランと出会っているにもかかわらずその事実に気づかない例がいくつか示されているが、やがては衝撃的な出会いを経験してアスランに応答する日が訪れる。それに対して、アンドルーは、アスランに何度も邂逅しているにもかかわらず、自らその出会いを回心の起点とすることに失敗する。アンドルーにとっては、痛みですら回心の契機とはならない。ルイスは、痛みが“.....might also lead to a final and unrepented rebellion.”（*PP* 119）「最後的な、悔い改めることのない反抗に導く可能性」（[痛み] 153）をもっていることを指摘している。まさにアンドルーの例がそれに該当する。アンドルーは痛みを負っても、ユースチス、アラビス、カスピアンのように、それを回心の契機とすることができないのである。

しかし、アンドルーは決して極悪人として描かれているわけではない。実はどこにでも存在するような平凡な人物像なのである。この点も現代に生きる人間に類似しているといえよう。現代人にも極悪人は少なく、多くは善良な小市民として日常を生きながら、自覚のないまま多くの罪を犯しているのである。

突発的回心を果たしたユースチスやエドマンドの回心前の姿も、現代に生きる者にとって反面教師としての意味をもつ。エドマンドは、猜疑心が強く協調性もなく狡猾で懐疑的、意地悪な少年であった。ユースチスは、心も肉体も少年でありながら、順当な成長過程を経ずに、いきなり知識だけは大人なみのものを詰め込み、アンバランスな成長をしつつある少年であった。これら二人の登場人物もまた現代における少年少女像と重なる部分があるのではないだろうか。相違があるとすれば、彼らはやがてアスランと出会い、回心を果たすが、現代の少年少女の多くはアスランと出会うことなく回心を果たしていないという事実であろう。

一方、個々の人物像ではなく、現代の人間全体を象徴する登場人物は小人である。小人は、自分たちだけで何でもやっていけると過信し、創造者の存在と自己の被造性を忘却するという高慢に陥る。“We don't any Kings. The Dwarfs are for the Dwarfs. Boo!”（*LB* 151）「おれたちにゃ、王なんていらない。小人たちは、小人たちでやるさ。」（［さ］203）という言葉を繰り返す。“They wanted Narnia for their own.”（*LB* 159）「小人たちは、小人たちだけのナルニアを手にいれようとしていたのです。」（［さ］214）というわけである。ルイスは、創造者としての神と被造物としての人間の関係について、次のように述べている。

> Now God designed the human machine to run on Himself. He Himself is the fuel our spirits were designed to burn, (*MC* 50)

> 神は人間という機械を、神ご自身を燃料として走るように設計なさったのである。われわれの霊は、神ご自身を燃料とし、これを燃焼させて動くようにできている。（[精髄] 91）

ルイスはここで神と人間の関係を、機械と燃料の関係に例えて的確に表現している。現代は人間が神になった時代ともいわれる。しかし、人間はあくまで神の創造による被造物であって、このような思想自体が高慢に起因するものである。何度も戦争を繰り返してきた人類の歴史の背景には、このような高慢が潜んでいる。とりわけ前世紀に二回にわたる世界規模の戦争を引き起こし、それに対する反省にもかかわらず今なお続けられる戦争は、現代に生きる人間がもつ高慢の結果といえよう。平和の世紀を誰もが標榜した今世紀に突入した最初の年に、9.11 事件が生起し、その後も局地的な戦闘が繰り返されている要因はここにある。人間がこの地上においてすべてのことを決定し、すべてのことに手を加えてもいいという考えの結果生まれてきた歴史事実である。人間が自らの力を過信し、何でも可能であると判断し、神の創造による秩序と安定を崩壊させてしまう危機に陥っているといえよう。この作品に描かれている小人たちはまさにそのような現代人の姿を彷彿とさせるのである。

小人の代表格ニカブリクは、“.....we want power: and we want a power that will be on our side.”（*PC* 179）「おれたちには力がいる。それも、こちらがわの味方についてくれる力だ。」（[カ] 249）と、ただひたすら力を求める。しかし、その力とは “Anyone or anything, Aslan or the white Witch, do you understand?”（*PC* 80）「アスランだろうが白い魔女だろう

が、同じことでさ」（［カ］116）とあるように、内実は問わない。忠誠を示す対象は力さえあれば何でもよかったのである。したがって、ニカブリクはアスランを信じることができない。ただ強健なる力に強健なるがゆえにのみ服従しようとするだけで、力の本質を見抜く能力をもたないのである。現代においては、戦争を推進していく政権を支持する国民、悪政を施す為政者を支持する国民などを重ねることができるかもしれない。

スーザンは、ルーシィとともに、アスランの復活に立ち会い、アスランに乗って飛行するなど他の登場人物が体験していない劇的な出会いを果たしたにもかかわらず、ナルニアのことを忘却してしまう。社交や化粧に没頭し、アメリカに渡ってその功利的文化になじんでしまう。ナルニアの体験を単なる御伽話にしてしまうのである。

> What wonderful memories you have! Fancy your still thinking about all those funny games we used to play when we were children.（*LB* 169）

> あら、なんてすばらしい記憶をおもちなんでしょう。ほんとに、わたしたちが子どものころによく遊んだおかしな遊びごとを、まだおぼえていらっしゃるなんて、おどろきましたわ。（［さ］227）

> She's interested in nothing nowadays except nylons and lipstick and invitations. She always was a jolly sight too keen on being groen-up.（*LW* 169）

> あの人はいま、ナイロンとか口紅とか、パーティーとかのほかは興味ないんです。そしていつだって、おとなになることに夢中で、そりゃ

たいへんでしたわ。(［さ］227)

スーザンは、ナルニアで真実を見たにもかかわらず、現実の世界に戻ってからは、真に大切なことを忘却してこの世的価値に毒され、眼に見えるものにばかり気をとられた生活に溺れてしまうのである。現代に生きる者の典型的な姿をここに見ることができよう。現代人も、若かりし時に抱いた夢や心を捨て、在るべき姿を追求したときの熱い気持ちを忘れて、この世的現実の中に埋没してしまいがちである。ここではスーザンによって回心後の継続の困難が描かれているのである。

魔女ジェイディスは悪そのものとして描かれており、現代にはびこる悪を想起させる。魔女のもつ特質は、現代社会においてはびこる悪の本質を考える際に、次の二点において示唆に富む。

第一に、魔法にかけられているときは、魔法にかかっているとは気づかないという事実である。リリアン王子（Prince Rilian）が魔法にかけられている様子は次のように説明されている。

> .....and of course, the more enchanted you get, the more you feel that you are not enchanted at all. (*SC* 184)

> いうまでもありませんが、まどわしの魔法がかかればかかるほど、だんだんかかったとは思わなくなっていくものなのです。(［銀］259)

現代に忍び込む悪は、まどわしの魔法である。まどわしの魔法にかかった人間は、魔法にかけられているという事実に気づかずに、それがあたかも自然の姿であり、当然であるかのように認識してしまう。人間は、事の善悪にかかわらず、状況対応能力をもつから、まどわしの魔法であってもいずれそれに順応してしまうのである。現代における物質繁栄の風潮はそれに当たるであろう。また、金、地位、名誉などこの世的なものに絶大な価値をおいて、全生活、全心情をそれがために邁進させるという姿もこれに該当するといえよう。

第二に、悪は時代や場所に応じて異なる様相で出現する点である。この事実は小人の長老の科白として、次のように説明されている。

> "And the lesson of it all is, your Highness," said the oldest Dwarf, "that those Northern Witches always mean the same thing, but in every age they have a different plan for getting it." (*SC* 240)

> お話にうかがわれます教えは、殿下、北の地の魔女はいつも同じことをはかりながら、それぞれの時代で、それをはたす計画とてだては、まったくちがう、ということでございますな。（［銀］331）

『ナルニア国年代記物語』において魔女ジェイディスという姿で出現した悪は、現代においては異なる様相で現れる。現代においても悪は、私たちをだましやすい姿かたちとなって現れるのである。このような悪には、回心という出来事を阻止する作用がある。とりわけ、第4章で言及した良心と痛みにたいする正常な感覚を麻痺させてしまうのである。

以上に検討した登場人物の様相は、現代における回心の可能性という点について、反面教師的な意義をもつことがわかる。

第2節　模範的モデルとしての意義

反面教師的に描かれた登場人物がいるように、模範的モデルとして描かれた登場人物もいる。自然人や漸次的回心者のほかに、特異な例として水平的回心者があげられる。自然人型の登場人物は文字通り模範であるし、漸次的回心型の登場人物には元来超越者との出会いを実現できるだけの素地があった点が模範的である。そのほかに特異な例として水平的回心も模範的である。

自然人の松露とりは、自分たちだけの国を作ろうとしていた小人とは対照的に、ナルニア国について次のように語る。

> It's not Men's country (who should know that better than me?) but it's a country for a man to be King of. We badgers have long enough memories to know that. (*PC* 71)

> これは、人間の国ではない（それをわたしよりよく知っている者があろうか)。だが、人間が王たるべき国だ。わたしたちアナグマは、そのことをながいあいだおぼえてきている。([カ] 106)

ナルニア創生の物語において、アスランが語ったナルニア国の成立と意義が、ここで新たに確認されている。アスランの国をアダムの息子、イヴの娘たちである人間が代理的に統治するということ、そのことを伝統として継承していくことが語られているのである。

松露とりは、権力を求めてもその内実を問わなかった小人ニカブリクとは対照的に、“We don't change. We hold on. I say great good will come of it."（*PC* 71）「わたしたちは、心を変えたりせぬ。いつも同じ心をもちつづける。わたしは、ここからきっとよいこと、この上なくよいことがひらけてくると思う。」（［カ］105）という語りが示すように、固い信仰をもつ。信仰深い松露とりの科白は、固い信仰が未来への確信と期待を必然的にともなうことを示している。それは未だ見ぬアスランの存在を固く信じて疑わない信仰からほとばしりでる自然な告白であった。そのような松露とりは、どのような危機に瀕しても強く生きることができたのである。松露とりは、次のように力強く語る。

> "I stand by Aslan. Have patience, like us beasts. The help will come. It may be even now at the door."（*PC* 174）

> 「わたしは、アスランを信ずる。わたしたちけもののように、じっと待つことだ。助けはきっとくる。いまこの時、戸口にきているかもしれない。」（［カ］242）

泥足にがえもんも、強固な信仰心をもっている。次のような泥足にがえもんの科白は敬虔な信仰告白でもある。

> I'm on Aslan's sideeven if there isn't any Aslan to lead it. I'm going to live as like a Narnian as I can even if there isn't any Narnia.（*SC* 191）

> たとえいまみちびいてくれるアスランという方が存在しなくても、それでもあたしは、アスランを信じますとも。あたしは、ナルニアがどこにもないということになっても、やっぱりナルニア人として生きて

いくつもりでさ。（［銀］269）

自然人としては、リーピチープもアスランへの信仰を固くもつことは第2章で見たとおりである。現代人に求められているのは、このような不動の信念である。これら自然人の堅持している信仰の形は、現代人にとって模範的なモデルとしてたいへん意義深い。

次に、回心を遂げた登場人物たちには、回心という出来事が起こる以前に、それなりの素地がすでに形成されていた。これも模範的なモデルとして考えることができる。漸次的回心を果たした子どもたちの回心前からもっている性格がそれである。彼らはすべて良い素質をもち合わせていたのである。回心を果たした子ども像を見れば、現代の子どもたちに欠けているものが見えてくるであろう。そのような子ども像の代表格がルーシィである。ルーシィをはじめとした漸次的回心者に描かれている子ども像は、次の三点に集約される。

第一に純粋で素直である点である。ルーシィは身の回りに起こるすべてのことについて否定的あるいは懐疑的に捉えるのではなく、肯定的に信頼することから入る。そのゆえにすべて前向きに対処することができるのである。

第二に、旺盛な冒険心と好奇心である。はじめてナルニアに入る情景は、"Lucy felt a little frightened, but she felt very inquisitive and excited as well. (*LWW* 7)「ルーシィは、すこしこわくなりました。けれども、いっぽうでは、心がわくわくして、ゆくてをつきとめてみたくてたまらなくなりました」（［ラ］16）と、冒険に対する期待が描かれている。冒険への船出が始まるときには 'She felt quite sure they were in for a lovely time'（*VDT* 17）「ルーシィは、これからはじまるすばらしい冒険の時に、きあわせたことを、しみじみと感じとったのです」（［朝］36）と描かれている。眠れなくて夜に一人で森へ出たときには、“This is lovely,” said Lucy to herself.（*PC* 121）「『すてきだわ。』ルーシィはひとりごとをいいました。」（［カ］172）と描かれている。いずれも‘lovely’という言葉によって、冒険を恐怖や不安と捉えるのではなく好奇と期待に捉えるルーシィの冒険心が見事に表現されている。

第三に、豊かな感受性と想像力である。ルーシィは周辺の状況やその変化にすぐ気づく。まず最初に動物たちの存在を発見し、しかもその動作に何か意味を感じ取ることができるのもルーシィである。最初に仲間の不在に気づくのもルーシィであり、竜を見てユースチスではないかと気づくのもルーシィである。様々な場面で何でも最初に見つけたり気づいたりするのがルーシィなのである。そのようなルーシィはアスランや魔女との出会いにおいて、すぐさまその表情の中に真実を読み取ることもできるのである。ルーシィは、アスランや魔女を見たとき、次のように描写されている。

> Lucy had been thinking how royal and strong and peaceful his face looked; now it suddenly came into her head that he looked sad as well.（*LWW* 141）

> ルーシィは、アスランの顔がなんと、威風堂々としていて、力強く、しかもなごやかなのだろうと思っていましたが、いま、それとともに悲しいところがあるという思いが、むねをつきました。（［ラ］178）

> Lucy saw her face lifted toward him for one second with an expression of terror and amazement.（*LWW* 194）

ルーシィは、その瞬間、アスランにむけた魔女の顔が、おそれとおどろきにいろどられたのを見ました。（［ラ］244）

前者は、アスランの表情の中に力強さや怖れだけでなく悲しみも見抜いている点においてルーシィの高い洞察力が表現されている。犠牲の死を遂げる直前のアスランの心情を表情からすでに感じ取ることができるのである。後者は、魔女に対しても、表情の陰に隠れる心理や葛藤を見抜くことができることを示している。

ルイスがルーシィをこのように描いたのは、子どもたちにそのようであってほしいという願望の現れである。これからの世界を担う子どもたちの代表としての意味や、困難の時代に向けて逞しく健やかに成長していってほしいという願望があふれている。ルイスは、ルーシィだけでなく他の子どもたちも、今述べた三つの性格をもった理想的な子ども像として描いている。このような子どもたちの性格が、回心への道標としての憧れを抱くことを容易にしている。現代に生きる成人も若年者も、容易には憧れをもち得ない状況にある。憧れの念を抱く素地が形成されていないからである。憧れの念を抱くためには、今見てきたような心的準備が条件である。そのために、ルイスがこの作品で描いたような純粋で素直な心、旺盛な好奇心と冒険心、豊かな想像力と感受性が切に求められるのである。

模範的モデルの特異な例として、正しい信仰を持ちながらその対象を変更したエーメスを挙げよう。エーメスはカロールメンの兵士であったが、アスランではなくタシ（Tash）の神を強く信仰していた。その信仰の対象が誤りであったことに気づいたエーメスは、永年にわたる自らの信仰を悔いる。しかし、そのようなエーメスに対して、アスランは“all the service thou hast done to Tash, I account as service done to me. (*LB* 205)「わが子よ、タシにつかえたことはみな、このわたしにつかえてくれたことと思う」（［さ］274）と語りかける。信仰自体が誤っていないのであれば、それは正しい信仰への道筋であったというのである。

> .....if any man swear by Tash and keep his oath for the oath's sake, it is by me that he has truly aworn, though he know it not, and it is I who reward him.（*LB* 205）

> タシにまことをちかって、そのちかいを守る者があれば、その者が知らないにせよ、その者がまことにちかった相手は、じつはわたしなのだ。（［さ］275）

アスランは、エーメスの信仰が正しかったから、対象は異なっていてもそれはアスランへの信仰にほかならないというのである。誤った信仰であれば長続きはしないし、強固なものにはなり得ない。エーメスの信仰は強固で真のそれであった。無自覚的であったとしても、ある特定の超越的な聖なるものに信心をもつ正しい信仰の形だったのである。

以上に検討した登場人物の様相は、現代における回心の可能性という点について、模範的な意義をもつことがわかる。

第3節　現代に生きる読者に対する意義

ジェイムズは心理学が回心のメカニズムを解明する困難について「心理学は、そこに起こる現象を一般的に叙述することはできるけれども、一定の場合について、そこに働いているすべての力を一つひとつ正確に説明することはできない[50)]」と述べている。回心という人間の心の微細な変化について、その過程と構造を科学的手法で解明できてもそこには限界があるというのである。心理学を専門とするジェイムズが自らの研究に限界を認め、それ以上の点については匙を投げたとも見えるこの一文はたいへん興味深い。科学的手法の限界を解決することこそ、文学に課せられた課題である。文学は一人ひとりの生き様をつぶさに描写する。文学は一人ひとりの異なる経験を読者に伝達するのである。文学こそが、心理学が解明できなかったことを可能にする唯一の方法であるといえよう。実際にこれまで見てきたように、『ナルニア国年代記物語』は心理学では解明できない回心の個別的構造を明らかにしている。しかも、心理学はそれを知る者に回心を促すことはないが、文学は読者に回心を促す可能性を秘めているのである。

その鍵となるこの作品の特徴を二点挙げよう。第一に、この作品は万人に語りかけられている点である。『ナルニア国年代記物語』は決して子どものみを対象とした作品ではない。子どもに理解できる平易な語りであるし、登場人物も子どもが中心ではあるが、それはこの作品が少年少女層のみを対象に語られていることを意味しない。ウォルシュ（Chad Walsh）はこの点について、次のように述べている。

> Lewis was able to speak in a language which is simultaneously the tongue of the fairy tale and the epic; he speaks to the adult, the child, and the child within the adult. He speaks to everyone, except to those ossified grown-ups who have stifled the child within.[51]

> ルイスはフェアリー・テールでもあり叙事詩でもある語り口で語ることができた。大人に対しても、子どもに対しても、そして大人の中にある子どもの部分に対しても語りかけるのである。彼は子ども心を押

さえつけている堅物の大人を除くすべての人びとに語りかけるのである。

このように、この作品は大人になっても息づいている子ども心に訴える力をもっているのである。あるいは、大人も必ずもっている子ども心を覚醒する効果があるともいえよう。

第二に、ファンタジーとしてこの作品はきわめて秀でている点である。ファンタジーは現実逃避である。しかし、それは「現実を新しく受け取る新鮮な眼を与える価値ある逃避」[52)]である。『ナルニア国年代記物語』は現代に生きる読者に回心を促す力を秘めているのである。ルイスがファンタジーという形式を用いた理由について、竹野一雄は次のように指摘している。

ルイスのファンタジーとは何よりもルイス自身の体験した〈憧れ〉を彼自身の回心の道筋に即して描きつつ、読者の心の中に同じような〈憧れ〉をかきたてるのにうってつけの文学形式であったと思われる[53)]。

ルイスは、この作品によって、読者もまたルイス自身が体験したのと同じ憧れを抱き、回心を実現できるように試みた。その意味では、この作品自体が回心への道標であるともいえよう。読者がこの作品の非現実世界から現実世界に戻った後に憧れを抱くことができれば、超越者と出会う可能性に迫ることができるわけである。

しかし、現代に生きる読者は、はたしてほんとうに超越者に出会うことができるのであろうか。ルイスはアスランに、次のような科白を語らせている。

> But there I have another name. You must learn to know me by that name. This was the very reason why you were brought to Narnia, that by knowing me here for a little, you may know me better there. (*VDT* 270)

> ただし、あちらの世界では、わたしは、ほかの名前をもっている。あなたがたは、その名でわたしを知ることをならわなければならない。そこにこそ、あなたがナルニアにつれてこられたほんとうのわけがあるのだ。ここですこしはわたしのことを知ってくれれば、あちらでは、もっとよくわかってくれるかもしれないからね。([朝] 358)

ルイスは、現代に生きる読者に対して、この世の現実の中でアスランと出会うためのヒントを与えている。この現実世界にも別の名前をもつアスランが存在するのであれば、読者は現実世界に戻ってから超越者に出会うことができる。別の名前をもつアスランと人格的関係が成立すれば、そこから回心への道は近いといえよう。

アスランが別の名前で読者の前に出現するならば、読者は登場人物たちがアスランと出会ったのと同様に、その出会い方を模倣して自分の生き方に適用することができる。すなわち、別名のアスランが存在するのと同様、別名の登場人物が存在するのである。たとえば別名のユースチスやスーザンも存在するのであり、それは読者自身でもあるといえよう。

ペイン (Leanne Payne) は、回心を ‘radical surgery’「根治手術」と称して、次のように述べている。

> This radical surgery will restore our true face, our true self, though the perfecting of that self will take more than a lifetime.

> In order for this surgery to occur, we must die to the old self with Christ, and be born anew into Him. Like Eustace *in The Voyage of the Dawn* Treader we must be "undragoned."[54)]

> この根治手術は、自分の真の顔と、真の自己とを取り戻す作業である。それを成就させるには一生でも足りないぐらいであろうが。この手術が行われるために、私たちはキリストとともに古い自己に死に、キリストのうちに新しく生まれ変わらなければならない。『朝びらき丸 東の海へ』におけるユースチスのように、私たちは「竜の外皮を剥がされる」経験をしなければならないのである。

読者にも、ユースチスのように 'undragoned'「竜の外皮を剥がされる」ことが求められている。'undragoned' という造語が回心と同義に用いられて、現代人に提唱されているのである。しかし、弱き読者は現実世界において、スーザンのようにその心を忘却してしまうかもしれない。ルイスは『子どもたちへの手紙』(*Letters to Children*, 1985) において、次のように述べている。

> But there is plenty of time for her to mend, and perhaps she will get to Aslan's country in the end.—in her own way. (*LTC* 67)

> でもまだスーザンにとっても、時はたっぷりあります。よくなる機会は十分あるのです。たぶんスーザンも、アスランの国に行けるでしょう ― スーザン自身の方法で。([子ども] 113)

アスランから離れてしまったスーザンも再びアスランのところに戻る

ことができるというのである。アスランという回帰する対象がスーザンには存在するからである。そこに一度も回心を果たさなかった者と果たした者との相違がある。回心者には帰るところがあるのである。この作品の登場人物の中にスーザンという逆回心例を加えたことはルイスの卓見といえよう。ルイスは弱き読者のために、逃げ道を残してくれているともいえよう。

本章で見てきたように、この作品では登場人物の一人ひとりが読者の生き方に関わる意義をもつ。この現実世界に別名のアスランがいるように、別名のユースチス、スーザンや他の登場人物も存在するのである。それは読者自身にほかならない。ユースチスの別名をもつ読者には‘undragoned’が求められるし、スーザンの別名をもつ読者には自分自身の方法で近い将来回帰することが求められるであろう。すべての読者が別名の登場人物であり得るところにこの作品のファンタジー文学としての素晴らしさと醍醐味があるといえよう。

結　語

これまで、登場人物の描写を中心に、『ナルニア国年代記物語』における回心の諸相を検討してきた。その中で、二つの大きな特徴を指摘することができる。

第一に、共通する構造と過程をもっている点である。各登場人物にほぼ共通する回心に至る流れは以下の通りである。登場人物は憧れと呼ばれる強い思慕の念を抱く。それは不可視的存在への渇望である。それがアスランという超越者との出会いを実現させる。憧れは回心への道標である。やがてアスランとの出会いは、招きと応答という人格的呼応関係となる。回心の起点である。その出会いによって今度は卑小なる自己と出会い、高慢に起因する自らの罪を自覚し告白する。回心の過程である。続いて偉大なる自己に出会い、自己放棄によって、高慢の対極としての謙遜を獲得し、徳を実践する。回心の完成である。

第二に、共通する構造をもちながらも各人によって各様の異なる様相を示している点である。本書のタイトルを「諸相」とした所以である。元来回心の必要のない自然人もいれば、回心を果たすことのできない非回心者もいる。回心の時期については突発的なものや漸次的なものがある。信仰の対象を変更する水平的回心や、回心前の状態に戻ってしまう逆回心もある。そのいずれにおいても、抱いた憧れや犯した罪の内容、実践する徳の内容はそれぞれに異なる。いわば各人各様の方法により回心を果たしているのである。

このように、構造的に共通している普遍性の側面と、それぞれに異なる個別的な多様性の側面の二つの側面が存在する点が回心の諸相の大きな特徴である。

本書では、この二つの大きな流れのなかに実に多様な回心の諸相を検討することができた。以下、回心だけでなく非回心の諸相も含むこれまでの考察の要点を整理し、結論とすることにしたい。

アスランと出会う心的準備としての憧れには、カスピアンのように古き良きナルニアという過去への時間的な思慕、シャスタのように北方、リーピチープのように東方という遠方への空間的な思慕、ペベンシー兄弟のように未だ見ぬ究極的実在への時空を超えた思慕の三つがある。このうち特に究極的実在への憧れは畏怖と歓喜という対照的な両面をもつ。これらの憧れはすべてアスランに収斂される。憧れの対象としてのアスランにもまた、畏怖と歓喜という両面が備わっており、登場人物たちは、憧れの内容と同質のものをアスランの中に見出し、出会いを確実なものにする。しかし、超越者アスランとの出会いを果たせば、その本来の目的を達したために、憧れそのものは消失してしまう。そのゆえに憧れは登場人物を回心に導く道標なのである。

アスランとの出会いは、アスランからの呼びかけによって始まり、それには言葉の発信、接近、凝視という方法がある。アスランは何種類もの積極的な言葉を用いて呼びかけ、自らの足で接近し、自らの目で直視する。それに対して登場人物が応答することで、アスランとの出会いが成立する。そして対話が始まる。対話には、言葉による霊的な対話と五感による身体的なそれとがある。登場人物によって実に多様な対話がある中で、招きと応答という人格的呼応関係が確立する。当初超越的なものであったアスランとの関係は人格的関係に移行する。ここで登場人物は回心の起点に立つことになる。

アスランとの出会いを経た登場人物は、次に自己との出会いを体験する。それには、卑小なる自己との出会いと、偉大なる自己との出会いがある。まず、各人各様に罪を自覚し告白する。罪の内容的特徴としては、内面的なものが中心であること、どれも原罪としての高慢に起因すること、軽微な罪が多いこと、という三点があげられる。しかし、その具体的内容は実に多様であり、高慢、憤怒、嫉妬、怠惰、貪欲、貪食、邪淫という「七つの罪」に分けて考えることができる。ユースチスの高慢、エドマンドの高慢、貪欲や貪食、ポリーの憤怒、ディゴリーの貪欲、シャスタの嫉妬、ジルの怠惰や虚栄などが特徴的である。また、純粋で素直なルーシィですら、高慢や憤怒の罪を犯してしまう。それぞれが実に様々な罪を犯し、それを自覚し、アスランや周辺人物に告白する。邪悪と理解しつつも罪を犯すという良心の問題と、苦痛を負ってはじめて自覚に至るという痛みの問題において、人間のもつ特質が示される。前者は、魔女に迎合したエドマンド、虚栄に満ちたジル、実際的なスーザンにおいて顕著にあらわれる。後者は竜に変身してしまったユースチス、自ら火に入る泥足にがえもん、非情なアラビスにおいて顕著にあらわれる。これら一連の罪の自覚と告白が、回心の過程として位置づけられる。

続いて、登場人物たちは偉大なる自己と出会う。それは自己放棄から始まる。自己を捨てて超越者の主権を認識する。その結果、高慢の対極としての謙遜を獲得することとなる。自己放棄は、竜から人間の姿に戻るユースチスや祈るチリアンに特徴的である。謙遜が示される例としては、カスピアンや馬車屋らのようにアスランとの対話において示される場合や、ピーターやユースチスらのように登場人物自身の言葉として語られる場合もある。

謙遜を獲得した回心者は、徳を実践することで回心を完成させる。徳は、知恵、正義、節制、勇気、信仰、希望、愛という「七つの徳」に分けて考えることができる。希望を実践するたから石、耐える勇気を実践するルーシィなどが特徴的である。徳については、罪の場合より複合的で、多くの登場人物が多くの徳を実践している。これにより、回心は完成を見るのである。

多様な登場人物たちは今日に生きる者に対してどのよう意義をもつのであろうか。反面教師的な例としては、アンドルーのように七つの罪を象徴的に犯す者もいれば、小人のように自らの被造性を忘却してしまう者もいる。エドマンドやユースチスら突発的回心者のように、回心前は高慢そのもので利己主義かつ自己欺瞞に満ちていた者もいる。スーザンのように、アスランと出会ったにもかかわらずこの世的な価値観に戻ってしまう少女もいる。魔女ジェイディスは、魔法をかけられたときにはそれを認識できない、時代に応じた姿かたちで現れるという悪の特質を教訓的に物語っている。

模範的な例としては、強固な信仰心をもつ松露とり、泥足にがえもん、リーピチープなどの自然人がいる。漸次的回心者のほとんどは、純粋で素直、旺盛な冒険心と好奇心、豊かな想像力と感受性という成長途上の子どもたちに求められる良い性質を備えている。以前から正しい信仰を堅持していて、その対象を変更するというエーメスもいる。

ルイスは、ファンタジーという格好の形式を用いて、こうした多数の登場人物による回心物語によって、読者が現実世界において回心を果たすことを促そうと試みたのである。そのために、ルイスは、この現実世界でアスランと出会うためのヒントを与えることによって、またスーザンも最終的には自分自身の方法でアスランの国に入ることができることをほのめかすことによって、この世で生きる勇気と希望を読者に与えてくれいているのである。

以上、様々な回心あるいは非回心は登場人物の数だけあることが明らかになったが、憧れの性格、犯した罪の内容、実践する徳の内容もそれぞれに異なるゆえに、登場人物の数以上のパターンが存在するともいえよう。

第１章において回心のパターンを示したが、必ずしも明確に分類しきれない多様性が存在しているともいえよう。それだけ、読者はある特定の回心物語を強要されるのではなく、多様な回心の形を提供されることになり、この作品に読み応えを感じるであろう。第６章で言及したように、心理学には解明できなかった個別的な回心の諸相がここに描写されているわけであり、文学の文学たる所以がここにある。そのことによって、読者は回心を自己自身の課題として受けとめることが可能になり、多数の事例の中から自分に合った回心の道を選ぶことができるのである。多くの読者は、登場人物の誰かに、あるいは生起した事象のどれかに、自分自身の姿や経験を重ねることであろう。

『ナルニア国年代記物語』は、多数の登場人物たちによる魂の巡礼の物語である。現代という混迷の時代にあって、読者の中にはこの作品の偉大さを実感し、自らも魂の巡礼の旅に出発する者があるだろう。この作品の偉大さとは、究極的なものとのかかわりを促す「力の文学」としてのそれであり、現実から離れた世界を体験したあと再び現実に戻って新しい眼をもつことを可能なさしめるファンタジー文学としての偉大さである。魂の巡礼に旅立った読者は、登場人物と同様、ある一定の共通した過程を経つつ、しかし各人各様の個別的な方法で、必ずや回心を果たすことであろう。

本書において、当初の目的であった『ナルニア国年代記物語』における回心の諸相をほぼ明らかにすることができたのではないかと思う。その諸相は、読者に文字通り回心を促す力を持つことが明らかにされた。また、その諸相が、他の主題と相まって、この作品の多くの読者に生きる歓びを与えることになるであろう。

最後に、筆者に残された課題として、第一に多様な主題が縦横無尽に交差しあうこの作品のダイナミクスの中における回心という主題の位置づけ、第二にこの作品に過不足なく含まれるキリスト教の教義や聖書的主題との関連における回心の意味づけ、第三に作品中に垣間みえる民族や女性などへの偏見、戦争肯定的な思想、キリスト教の絶対化という問題点と回心概念の関連づけ、という三点があることを確認して、本書を閉じたいと思う。

注

各書の出版社名、出版年は参考文献一覧に記載。

1） 徳田幸雄『宗教学的回心研究 ― 新島襄・清沢満之・内村鑑三・高山樗牛』、10ページ。
2） 徳田幸雄、前掲書、11ページ。
3） William James, *The Varieties of Religious Experience*, p.189.
4） W. ジェイムズ『宗教的経験の諸相』、287ページ。
5） W.James, p.196.
6） W. ジェイムズ、前掲書、297ページ。
7） 徳田幸雄、前掲書、101ページ。
8） 山本和「救済論」（『教養学講座第一巻』所収）、284ページ。
9） J. モルトマン『イエス・キリストの道 ― メシア的次元におけるキリスト論』、170ページ。
10） 「時は満ち、神の国は近づいた。悔い改めて福音を信じなさい」（『マルコによる福音書』第1章5節）ほか。
11） 富松保文『アウグスティヌス〈私〉のはじまり』、66ページ。
12） W.James, p.199.
13） W. ジェイムズ、前掲書、302ページ。
14） W.James, p.199.
15） W. ジェイムズ、前掲書、301ページ。
16） William Wordsworth, *The Collection Poems of William Wordsworth*, p.257.
17） W.James, p.240.
18） W. ジェイムズ、前掲書、360ページ。
19） W.James, p.80.
20） W.James, p.166.
21） W. ジェイムズ、前掲書、251ページ。
22） W.James, p.206.
23） W. ジェイムズ、前掲書、312ページ。
24） 徳田幸雄、前掲書、93ページ。
25） W.James, p.176.
26） W. ジェイムズ、前掲書、266ページ。
27） W.James, p.176.
28） W.James, p.204.

29) W. ジェイムズ、前掲書、309 ページ。
30) C.S.Lewis, “Christianity and Culture” in *Christian Reflections*, p.23.
31) C.S. ルイス「キリスト教と文化」(『C.S. ルイス著作集 4』所収)、411 ページ。
32) C.S.Lewis, p.23.
33) C.S. ルイス、前掲書、411 ページ。
34) Martha C.Sammons, *A Guide Trough Narnia*, p.78.
35) R. オットー『聖なるもの』、60 ページ。
36) 聖アウグスティヌス『告白』(上)、225 ページ。
37) 聖アウグスティヌス『告白』(下)、106 ページ。
38) 竹野一雄『C.S. ルイスの世界　永遠の知恵と美』、53 ページ。
39) 竹野一雄、前掲書、52 ページ。
40) 「個人の内面世界が独自性を主張するには、同時に孤独な個人を支えてくれる神、「大文字で書かれた単数形の神」が必要になってきたのである。この「大文字で書かれた単数形の神」はそれまでの神々と違って人類全体を一纏めにして面倒をみるのではなく、個別に個人だけ面倒をみてくれる神であった。(ピーター・ブラウン『古代末期の世界 ― ローマ帝国はなぜキリスト教化したか? ― 』宮島直機訳、45 ページ)
41) ブーバーがアメリカ先住民の挨拶例としてあげているものと同じ表現である。Its American variant, the laughable but sublime “Smell me!” (Martin buber, *I and thou*, p.70.)
42) M. ブーバー『我と汝・対話』、19 ページ。
43) W.James, p.209.
44) W. ジェイムズ、前掲書、316 ページ。
45) 古代キリスト教におけるディダケーや、使徒教父文書の『バルナバの手紙』や『ヘルマスの牧者』などにおいて分類整理されている。
46) 不品行、盗み、殺人、姦淫、貪欲、邪悪、欺き、好色、妬み、誹り、高慢、愚痴(『マルコによる福音書』7.20-23)
47) 不品行、汚れ、好色、偶像礼拝、まじない、敵意、争い、そねみ、怒り、党派心、分裂、分派、ねたみ、泥酔、宴楽、および、そのたぐい(『ガラテアの信徒への手紙』5.19-21)
48) 本田峰子『天国と真理　C.S. ルイスの見た実在の世界』、296 ページ。
49) 小野兼子「朝びらき丸　東の海へ　アスランの国へ」(『C.S. ルイス「ナルニア国年代記読本』所収)、152 ページ。
50) W. ジェイムズ、前掲書、298 ページ。
51) Chad Walsh, *The Literary Legacy of C.S.Lewis*, p.156.
52) 竹野一雄、前掲書、113 ページ。
53) 竹野一雄、前掲書、107 ページ。
54) Leanne Payne, *Real Presence*, p.63.

参考文献一覧

使用テクスト（4ページに掲載）は除く。本文中に引用した文献については、原書、翻訳ともに下記該当著作末尾の（　）内に示した略号とページ番号を、引用文末尾のカッコ内に記した。

Ⅰ外国語文献

（A）C.S. ルイス著作

A Preface To Paradise Lost. Oxford University Press, 1961.（*PPL*）

Letters to Children. New York: Macmillan Publishing Company, 1985.（*LTC*）

Studies in Words. Cambridge University Press, 1990.

The Pilglim's Regress. William B. Eerdmans Publishing Co., 1992.

Letters To Malcolm chiefly on Prayer. A Harvest Book, 1992.（*LTM*）

The Problem of Pain. Harper San Francisco, 1996.（PP）

Mere Christianity. Harper San Francisco, 2001.（*MC*）

The Weight of Glory. Harper San Francisco, 2001.（*WG*）

The Screwtape Letters, Harper San Francisco, 2001.

The Abolition of Man. Harper San Francisco, 2001.

Surprised by Joy. Harper Collins Publishers, 2002.（*SBJ*）

（B）C.S. ルイス研究

Clyde S.Kilby, *The Christian World of C.S.Lewis.* William B.Eerdmans Publishing Company, 1964.

Chad Walsh, *The Literary Legacy of C.S.Lewis.* Harcourt Brace Jovanovich, 1979.

Martha C.Sammons, *A Guide Through Narnia.* Regent Harold Shaw Publishers, 1979.

Leanne Payne, *Real Presence.* A Hamewith Book,1988.

（C）研究書

Rudolf Otto, *The Idea of the Holy.* Oxford University Press, 1958.

Martin Buber, *I and Thou.* A Touchstone Book, 1996.

John Milton, *Paradise Lost.* Penguin Books, 2000.

William James, *The Varieties of Religious Experience.* Dover Publications, 2002.

Geoffrey Chaucer, *The Canterbury Tales.* Penguin Books, 2003.
John Bunyan, *The Pilgrim's Progress.* Oxford University Press, 2003.

Ⅱ日本語文献

（A）C.S. ルイス関連

(1) C.S. ルイスの著作（翻訳）

『子どもたちへの手紙』中村妙子訳、新教出版社、1986年。（[子ども]）
『影の国に別れを告げて　C.S. ルイスの一日一章』中村妙子訳、1990年。
『痛みの問題』（改訂新版）、中村妙子訳、新教出版社、1994年。（[痛み]）
『悪魔の手紙』、森安綾・蜂谷昭雄訳、新教出版社、1994年。
『四つの愛』、蛭沼寿雄訳、新教出版社、1994年。
『悲しみを見つめて』、西村徹訳、新教出版社、1994年。
『神と人間との対話 ― マルカムへの手紙』、竹野一雄訳、新教出版社、1995年。（[対話]）
『不意なる歓び』、『悪魔の手紙 ― 付・乾杯の辞』、山形和美責任編集・監修、中村妙子訳（C.S. ルイス著作集 1）すぐ書房、1996年。（『不意なる歓び』 ＝ [歓び]）
『奇跡論 ― 一つの予備的研究』「エッセー」、山形和美責任編集・監修、柳生直行・山形和美訳（C.S. ルイス著作集 2）すぐ書房、1996年。
『個性理論の異端性』『批評における一つの実験』「エッセー」、山形和美責任編集・監修、山形和美訳（C.S. ルイス著作集 4）すぐ書房、1997年。
『偉大なる奇跡』、本多峰子訳、新教出版社、1998年。
『被告席に立つ神』、本多峰子訳、新教出版社、1998年。
『キリスト教の精髄』、柳生直行訳、新教出版社、2000年。（[精髄]）
『詩篇を考える』、西村徹訳、新教出版社、2000年。
『栄光の重み　説教集』、西村徹訳、新教出版社、2004年。（[栄光]）
『喜びのおとずれ　C.S. ルイス自叙伝』、早乙女忠、中村邦生訳、2005年。
『魔術師の甥』土屋京子訳、光文社古典新訳文庫、2016年。
『ライオンと魔女と衣装ダンス』土屋京子訳、光文社古典新訳文庫、2016年。
『馬と少年』土屋京子訳、光文社古典新訳文庫、2017年。
『カスピアン王子』土屋京子訳、光文社古典新訳文庫、2017年。
『ドーン・トレッダー号の航海』土屋京子訳、光文社古典新訳文庫、2017年。
『銀の椅子』土屋京子訳、光文社古典新訳文庫、2017年。
『最後の戦い』土屋京子訳、光文社古典新訳文庫、2018年。
『ライオンと魔女と洋服だんす』河合祥一郎訳、角川文庫、2020年。
『カスピアン王子』河合祥一郎訳、角川文庫、2020年。

(2) 研究書（翻訳）
ウォルター・フーパー『C.S. ルイス文学案内辞典』、山形和美監訳、彩流社、1988 年。
B・シブリー『ようこそナルニア国へ』、中村妙子訳、岩波書店、1992 年。
アン・アーノット『C.S. ルイスの秘密の国』、中村妙子訳、すぐ書房、1994 年。
ライル・W・ドーセット『C.S. ルイスとともに』、村井洋子訳、新教出版社、1994 年。
M・コーレン『ナルニア国をつくった人』、中村妙子訳、日本基督教団出版局、2001 年。
マイケル・ホワイト『ナルニア国の父　C.S. ルイス』、中村妙子訳、岩波書店、2005 年。

(3) 研究書（日本語）
山形和美・竹野一雄編　増補改訂『C.S. ルイス ナルニア国年代記読本』、国研出版、1988 年。
本田峰子『天国と真理　C.S. ルイスの見た実在の世界』、新教出版社、1995 年。
竹野一雄『C.S. ルイスの世界　永遠の知恵と美』、彩流社、1999 年。
竹野一雄『想像力の巨匠たち — 文学とキリスト教 — 』、彩流社、2003 年。
安藤聡『ナルニア国物語 解読 — C.S. ルイスが創造した世界—』、彩流社、2006 年。
竹野一雄『C.S. ルイス 歓びの扉 — 信仰と想像力の文学世界—』、岩波書店、2012 年。

（B）その他
(1) 研究書（翻訳）
P . コラム『北欧神話』、尾崎義訳、岩波書店、1955 年。
リリアン H. スミス『児童文学論』、石井桃子、瀬田貞二、渡辺茂男訳、岩波書店 1964 年。
ルドルフ・オットー『聖なるもの』、山谷省吾訳、岩波書店、1968 年。
ウィリアム・ジェイムズ『宗教的経験の諸相』、桝田啓三郎訳、岩波書店、1969 年。
聖アウグスティヌス『告白』（上）（下）、服部英次郎訳、岩波書店、1976 年。
ドロシー・ハスフォード『神々のとどろき — 北欧神話 — 』、山室静訳、岩波書店、1976 年。
ジョン・バニヤン『天路歴程正篇』、池谷敏雄訳、新教出版社、1976 年。
マルティン・ブーバー『我と汝・対話』、植田重雄訳、岩波書店、1979 年。
ジョン・ミルトン『失楽園』、平井正穂訳、岩波書店、1981 年。
ロジャー・セール『ファンタジーの伝統』、定松正訳、玉川大学出版部、1990 年。
ユルゲン・モルトマン『イエス・キリストの道 — メシア的次元におけるキリスト論』、蓮見和男訳、新教出版社、1992 年。
H.R. エリス・ディヴィッドソン『北欧神話』、米原まり子、一井知子訳、青土社、1992 年。
R.I. ペイジ『北欧の神話』、井上健訳、丸善、1994 年。
ジェフリー・チョーサー『カンタベリー物語』、桝井迪夫訳、岩波書店、1995 年。
ブライアン・アトベリー『ファンタジー文学入門』、谷本誠剛・菱田信彦訳、大修館書店、

1999年。
ウィリアム・モリス『世界のはての泉』、川端康雄・兼松誠一訳、晶文社、2000年。
ピーター・ブラウン『古代末期の世界 — ローマ帝国はなぜキリスト教化したか？ —』、宮島直機訳、刀水書房、2002年。
アクセル・オルリック『北欧神話の世界　神々の死と復活』、尾崎和彦訳、青土社、2003年。
エドマンド・スペンサー『妖精の女王』、和田勇一・福田昇八訳、筑摩書房、2005年。

(2) 研究書（日本語）

熊野義孝・松村克己監修『教義学講座第一巻』、日本基督教団出版局、1970年。
水野知昭『生と死の北欧神話』、松柏社、2002年。
富松保文『アウグスティヌス〈私のはじまり〉』、NHK出版、2003年。
宮谷宣史『アウグスティヌス』、講談社、2004年。
宮谷宣史編『悪の意味　キリスト教の視点から』、新教出版社、2004年。
徳田幸雄『宗教学的回心研究 — 新島襄・清沢満之・内村鑑三・高山樗牛』、未来社、2005年。

あとがき

C.S.ルイスによる『ナルニア国年代記物語』は、日本では、あまり知られていないともいえるし、よく知られているともいえる。妙な言い方になってしまったが、英国の児童文学の中で『ピーター・パン』や『不思議の国のアリス』、同じく英国のファンタジーの中では『指輪物語』や『ハリー・ポッター』シリーズほど人気があるわけではないし、知名度もそう高くない。しかし、クリスチャンの間ではかなり浸透していて、人気もある。そうした中途半端な位置にあるのが『ナルニア国年代記物語』なのである。

さらに、『ナルニア国年代記物語』は、あらかじめ聖書の言葉やキリスト教の教義を知っていないと理解しづらいという側面がある。あるいは、幼少時にこの作品に親しんだならば、やがて大人になって聖書や教義が理解しやすくなるというような作品である。ひとことで言えば、キリスト教にとって護教的弁証的傾向の強い作品なのである。だからこそ、クリスチャンの家庭で我が子に読ませるというパターンによって、継続的に一定の読者を獲得している作品といってもいい。筆者もそのような読者の一人である。

本書は、『キリスト教文藝』第23号(日本キリスト教文学会関西支部、2007年6月)に掲載した論文を元に再構成したものである。筆者はその後、研究対象をE.M.フォースターという棄教作家に絞って今日に至っているが、フォースターでは「回心」とはまったく逆の「棄教」の構造を探究している。その土台となったのが、本書に示した「回心」の分析である。回心と棄教とは、「愛」と「憎しみ」との関係にも似た、表裏一体の構造をもつ。そのような構造が、古今東西のさまざまな文学作品の中にどのように表現され描写されているのかを探ることは、実に楽しく面白く、興味の尽きない作業である。どこまでの成果をあげることができるか不明だが、この研究を生涯続けていきたいと考えている。

C.S. ルイスという作家と作品について完璧なご教示をいただいた恩師故竹野一雄先生には、いくら感謝をしてもしたりない。そして、ことあるごとにアドバイスや励ましの言葉をいただいた学会の先生方、研究仲間、学友に、この場を借りて深謝する次第である。また、コロナ禍の中たいへんな苦境にある出版界において、本書の刊行をお引き受けいただいた大学教育出版の佐藤守社長、そして今なお支援を続けてくれている高齢の両親や家族にも心から感謝したい。

2021 年 1 月

松山　献

索　引

ア行

カ行

ナ行

ハ行

マ行

ヤ行

ラ行

ワ行

■著者紹介

松山　献　（まつやま・けん）

1956年、大阪市天王寺区生まれ。大阪外国語大学ロシア語学科卒業。日本大学大学院総合社会情報研究科博士後期課程単位修得満期退学。博士（総合社会文化・日本大学）。著書に、『C.S.ルイスの贈り物』（共著、かんよう出版、2013年）、『E.M.フォースターとアングリカニズムの精神』（彩流社、2018年）、『E.M.フォースターと「見えないもの」― キリスト教との関連から ―』（大学教育出版、2020年）。日本キリスト教文学会、日本大学英文学会、日本英文学会、各会員。現在、合同会社かんよう出版代表。

C.S.ルイス『ナルニア国年代記物語』における回心の諸相

2021年4月10日　初版第1刷発行

■著　　者――松山　献
■発 行 者――佐藤　守
■発 行 所――株式会社　大学教育出版
〒700-0953　岡山市南区西市855-4
電話（086）244-1268　FAX（086）246-0294
■印刷製本――モリモト印刷㈱

ISBN978－4－86692－131－0